# Casiopea
La Princesa de las Estrellas

Yerandy López

Autor: Yerandy López
ISBN: 9798326936721
Imprint: Independently published

DEDICATORIA

A todas las mujeres, cuyas historias tejen la rica tapestria de nuestra humanidad. A aquellas que han luchado y aquellas que luchan, a las soñadoras y a las realizadoras. A las madres, hijas, hermanas y amigas; a las pioneras y a las guardianas de las tradiciones. Este libro es un tributo a su fortaleza, su sabiduría, su compasión y su inquebrantable capacidad de amar y transformar el mundo. Que cada página sea un reflejo de su luz y un recordatorio de su invaluable aporte a la sociedad. A ustedes, mujeres de ayer, de hoy y de mañana, dedico esta obra con admiración y gratitud.

Casiopea: La Princesa de las Estrellas.

INDICE

1	Capítulo 1: El legado de Casiopea	5
2	Capítulo 2: Una vida alterada	49
3	Capítulo 3: El camino de la venganza	57
4	Capítulo 4: Al este de Cartago: una tierra hostil	70
5	Capítulo 5: Revelaciones y sanación.	83
6	Capítulo 6: Se desarrollan las revelaciones	97
7	Capítulo 7: El rescate de Casiopea	115
8	Capítulo 8: Confesiones	138

Casiopea: La Princesa de las Estrellas.

AGRADECIMIENTOS

Con profundo aprecio, este libro rinde homenaje a la esencia y el espíritu de la mujer en todas sus expresiones. A través de sus páginas, hemos buscado celebrar la diversidad y la riqueza que cada mujer aporta al tejido de nuestra sociedad. Es un reconocimiento a su incansable lucha, su amor incondicional, su inteligencia y su capacidad de enfrentar desafíos con valentía y dignidad. Quiero expresar mi sincero agradecimiento a todas las mujeres que compartieron sus historias, sus sueños y sus victorias, permitiéndonos vislumbrar la profundidad de su ser. Agradezco también a quienes han apoyado la realización de este libro, desde colaboradores hasta lectores, cuya sensibilidad y apertura han hecho posible este viaje literario. Este libro es más que un conjunto de palabras; es un tributo a la influencia transformadora de la mujer en el mundo. Que su lectura inspire reflexión, reconozca méritos y fomente un futuro donde la igualdad, el respeto y el amor sean pilares fundamentales.

Casiopea: La Princesa de las Estrellas.

Introducción.

"Casiopea: "La Princesa de las Estrellas" es un cuento encantador que teje los intrincados hilos del destino, el amor y la eterna búsqueda de pertenencia. Con el telón de fondo de la antigua Roma, esta narrativa profundiza en la vida de Casiopea, una joven cuyo nombre es tan celestial como su destino. Nacida bajo la atenta mirada de las constelaciones, está destinada a navegar por las complejidades del amor, la pérdida y la identidad.

Como hija de Cronos, un distinguido oficial romano, la vida de Casiopea está marcada por la misteriosa desaparición de su madre, preparando el escenario para un viaje lleno de profundos descubrimientos. La historia se desarrolla en los exuberantes terrenos de la

Casiopea: La Princesa de las Estrellas.

finca de su familia, donde convergen los ecos del pasado y la promesa de nuevos comienzos.

A través de encuentros con personajes como Darío, un hombre cuyo amor promete un futuro lleno de compañerismo y comprensión, y las sabias influencias de Alicia y Menelao, Casiopea se ve atraída a un mundo donde los límites entre la amistad y el amor se desdibujan. El destino de cada personaje se entrelaza con el de ella, guiándola por un camino que trasciende el mundo físico y llega al reino de las estrellas.

En esencia, "Casiopea: La princesa de las Estrellas" es una historia sobre el poder del amor para trascender el tiempo y el espacio, la importancia de la familia y el coraje de seguir el corazón. Invita a los lectores a un viaje a través de paisajes antiguos, laberintos emocionales y los territorios inexplorados del corazón, donde la búsqueda de la verdad y la felicidad de Casiopea la llevan a descubrir la luz de las estrellas dentro de su alma.

Casiopea: La Princesa de las Estrellas.

Casiopea: La Princesa de las Estrellas.

Capítulo 1: El legado de Casiopea

1.1 Una vida bajo las Estrellas.

En las exuberantes y onduladas colinas a las afueras de la antigua ciudad de Cartago, donde los olivos susurraban secretos de antaño y el mar acariciaba las costas con el toque de un amante, una niña llamada Casiopea creció bajo la atenta mirada de los cielos. Su nombre, que le fue otorgado no por casualidad, sino por una sorprendente marca del destino, era un tributo a la constelación que brillaba en el cielo nocturno.

En la parte posterior de su muslo izquierdo, un grupo de lunares reflejaba la celestial Casiopea, un patrón tan único que parecía que las estrellas habían dejado su huella en su piel.

En una villa modesta, anidada entre las colinas susurrantes, vivía Casiopea con sus abuelos, Cáleos y Camila. Cáleos, de semblante severo, pero corazón noble, había servido con honor en las legiones romanas. Su vida era un tapiz de relatos de valor y combate. Ahora, sus días transcurrían entre los viñedos que cultivaba con pasión, su espada y escudo yacían en

Casiopea: La Princesa de las Estrellas.

silencio, testigos mudos de su glorioso pasado. Camila, con su sonrisa serena y ojos que destilaban sabiduría, tejía el calor de hogar con sus cuentos de dioses y héroes de antaño, arrullando a Casiopea bajo el manto de estrellas.

En una dorada tarde de verano, Casiopea, con sus seis años recién cumplidos, se encontraba en la compañía de Cáleos y Camila, disfrutando de una merienda bajo la fresca sombra de un olivo. La brisa suave acariciaba el prado que se extendía frente a la casa de campo de Cáleos, cuando Casiopea, impulsada por una curiosidad innata, lanzó al viento una pregunta que flotó ligera como una pluma.

-"Abuelo, ¿por qué escogieron llamarme Casiopea?"" ¿Fue idea de mamá?"

Cáleos, sorprendido por la profundidad de tal pregunta viniendo de una niña tan joven, la miró directamente a los ojos, y le respondió con un tono teñido de misterio y emoción.

- "Mi pequeña princesa, tu nombre estaba escrito en las estrellas mucho antes de que vinieras al mundo. Ese cúmulo de estrellas, que brilla intensamente en el cielo nocturno, es la constelación de Casiopea. Aquella agrupación estelar, que emerge cada noche por el rincón del granero y se desvanece tras las colinas, fue la inspiración para tu nombre." - Ya que es idéntica a la marca en la parte posterior de tu pierna.

La curiosidad de Casiopea se avivó aún más, y sin poder contenerse, interrumpió a su abuelo con otra pregunta,

Casiopea: La Princesa de las Estrellas.

sus ojos brillando con el reflejo de un cielo estrellado aún por descubrir.

-"Abuelo abuelo, ¿me las puedes enseñar esta noche?"

Cáleos, con una sonrisa que reflejaba todo el amor y la sabiduría acumulada a lo largo de los años, le respondió con un tono lleno de promesas.

-"Por supuesto, mi princesa. Esta noche te mostraré tu origen cósmico."

Así, en el crepúsculo de aquel día estival, Casiopea esperaba con ansias el momento en que las sombras se alargarían para revelar el manto estelar que guardaba el secreto de su nombre, un lazo eterno que la unía con el cosmos desde antes de su nacimiento.

En un crepúsculo de confidencias y estrellas, Casiopea, con los ojos clavados en el cielo nocturno, preguntó con voz cargada de curiosidad. -"Abuelo, ¿acaso las estrellas narran historias?"

Cáleos, sonriendo ante la inocencia de la pregunta, respondió: -"Así es, Casiopea. Cada constelación es un libro abierto, narrando epopeyas celestiales.

Camila añadió con dulzura: -"Las estrellas son ecos de nuestro pasado, querida. Nos hablan de lo que fuimos y, en ocasiones, iluminan el camino hacia nuestro destino."

En una tarde impregnada de misterio y pasado, la familia se congregaba en la sala, un rincón cálido de su morada. Casiopea, cuya curiosidad era tan vasta como el mundo más allá de su hogar, giró hacia Cáleos, sus

Casiopea: La Princesa de las Estrellas.

ojos brillando con la promesa de aventuras, preguntando.

-"Abuelo, relátame tus viajes al nuevo mundo, esas tierras más allá de nuestras costas".

Antes de que Cáleos pudiera sumergirse en recuerdos, Camila intercedió, su tono era de cautela, su mirada, un faro de protección.

-"Casiopea, ya te hemos advertido sobre la imprudencia de evocar tales nombres en voz alta. -Los misterios fenicios son secretos que el viento no debe llevar. -Hay oídos en todas partes, y muchos han perecido por menos."

Casiopea, percibiendo la gravedad de sus palabras, se apresuró a disculparse, su voz teñida de arrepentimiento sincero.

-"Perdóname, abuela. -Te prometo que no sucederá de nuevo."

Camila, con su semblante suavizándose, acarició el rostro de Casiopea, sellando su fe en la promesa de su nieta con un gesto de infinita ternura.

Después de un breve suspiro, Camila: (mirandola con ese cariño y ternura que solo una madre puede mirar, le dice): "Confío en ti, mi querida Casiopea".

Cáleos, deseando disipar la sombra de decepción en Casiopea, se dispuso a contar una historia que saciara su sed de conocimiento sin desvelar los velos prohibidos. (quitando peso a la reprimenda de Camila, comenta)

Casiopea: La Princesa de las Estrellas.

-"Hoy, mi valiente princesa, te hablaré del río que serpentea hacia una ciudad custodiada por mujeres de estatura imponente."

Los ojos de Casiopea se iluminaron, capturados por la promesa de lo desconocido.

Casiopea: (siempre curiosa de conocimientos y aventuras, pregunta). -"Dime, abuelo, ¿cómo se le llega a esa ciudad majestuosa?"

Cáleos: (percibiendo el interes de su nieta le dice) - "Primero debes hallar la puerta del gran río y esperar, sin cruzar, hasta que embarcaciones de palma se acerquen. Sus navegantes, amables y de espíritu libre, te guiarán si les muestras un hacha de brillo metálico y madera finamente tallada. Diles que la estrella fenicia guía tu camino en busca de los guardianes de sirio."

Casiopea, absorbida por cada palabra, imploró por más detalles preguntando. -"Y luego, ¿qué sucede, abuelo?"

Cáleos, prosiguiendo con la historia, no dejaba de maravillarse por el gran interés de su nieta, continuando. - "El jefe te señalará seguir a un navío de palma por tres días. Tras su partida, proseguirás solo un día más, hasta que el aroma de las rosas inunde el aire. Es allí donde las Amazonas te recibirán con bendiciones."

Casiopea, sin poder evitar el asombro, pregunta. - "¿Amazonas? - ¿Quiénes son ellas, abuelo?"

-"Son las guardianas de la ciudad dorada, mujeres valientes que visten de blanco. Continuando Cáleos." -

Casiopea: La Princesa de las Estrellas.

Se le debe pedir al Gran jefe una hierba especial para protegerte de los mosquitos, criaturas tan molestas como peligrosas. Se prepara con un té, luego se bebe, te resguardarán de sus picadas en el viaje."

Casiopea, con el alma en vuelo, escuchaba fascinada, cada palabra como un pincelazo en el lienzo de su imaginación.

Cáleos al ver el interés de su nieta proseguía. -"Son seres de gran respeto, custodios de secretos antiguos. Aunque hay leyendas que hablan de temores y sombras sobre el gran río, mis recuerdos están llenos de luz y maravillas."

Así, entre relatos de tierras lejanas y ecos de un pasado heroico, la noche envolvía la villa, un hogar donde las historias tejían puentes entre generaciones, uniendo a Casiopea, Cáleos y Camila bajo el eterno danzar de las estrellas.

Casiopea escuchaba, embelesada por los relatos de tierras lejanas y gentes misteriosas. Las historias de su abuelo eran más que simples cuentos; eran un puente hacia mundos que anhelaba explorar, un testimonio de las aventuras que la esperaban más allá de las colinas de Cartago.

1.2 Historia de los padres de Casiopea.

Pero la existencia de Casiopea fue más que una historia de serenidad pastoral. Estaba tejido con hilos de un pasado oculto, comenzando por su madre, Idalia. Años atrás, en Roma, Idalia se había enamorado

Casiopea: La Princesa de las Estrellas.

profundamente de un joven soldado llamado Cronos. Era un hombre ambicioso y fuerte, destinado a ascender alto en las filas del ejército romano. Su amor apasionado y salvaje era del tipo que podría incendiar el mundo. Pero ese tipo de fuego conllevaba peligro.

El mundo que conocían se derrumbó cuando Idalia descubrió que estaba embarazada de un niño. Atado por el deber y el miedo a las maquinaciones políticas que prosperaban en las sombras de Roma, Cronos sintió que un niño los haría vulnerables. La ciudad era donde se ganaba y se perdía poder mediante la moneda de secretos y vidas. Temiendo por la seguridad de su hijo por nacer, Idalia tomó una decisión desgarradora.

Bajo el manto de la noche, huyó de Roma, dejando atrás el amor que la había consumido, para buscar refugio en el único lugar que sabía que estarían a salvo: la casa de sus padres en Cartago. Fue un viaje lleno de peligros, pero el fuego del amor de una madre ardía con más fuerza que cualquier obstáculo en su camino.

1.3 Llegada de Idalia a Cartago.Idalia: (Agotada, les comenta a sus padres) -"Tuve que dejar Roma. Un niño está creciendo dentro de mí y no podía dejar que naciera en peligro".

Cáleos (Abrazándola fuera de todo juicio le dice) -"Aquí estás a salvo cariño, mi niña, este niño será una bendición para todos".

Casiopea: La Princesa de las Estrellas.

Idalia, madre de Casiopea.

En la humilde morada de Cáleos y Camila, Idalia encontró consuelo y seguridad. Sin embargo, el destino, como suele ser habitual, tenía reservado un giro cruel.

Casiopea: La Princesa de las Estrellas.

Fuerte, pero desgastada por el viaje y las sombras de su pasado, Idalia trajo a Casiopea al mundo en medio de una tormenta de dolor y esperanza. Era una noche de tormenta, donde los vientos aullaban con furia como si hicieran eco de los gritos de parto de Idalia.

Cuando amaneció, pintando el cielo con tonos dorados y carmesí, la vida de Idalia se desvaneció, dejando atrás a su hija recién nacida.

Cáleos y Camila, afligidos por su hija, abrazaron a Casiopea como si fuera suya. En el pequeño bebé, con su constelación marcada, vieron no solo un recordatorio de su amada Idalia sino una promesa de un futuro. En este futuro, el legado de su hija y el coraje de su linaje seguirán vivos.

1.4 Cáleos y Camila con Casiopea recién nacida.

Camila: (con lágrimas en sus ojos, sosteniendo a Casiopea comenta con vos tenue pero llenas de amor) - "Ella tiene los ojos de Idalia, Cáleos".

Cáleos con sus ojos enrojecidos por el llanto, pero con un Corazón lleno de amor y ternura le dice a Camila. - "Ella tendrá su fuerza. La criaremos valiente y sabia, como su madre".

A partir de ese día, Casiopea fue más que una simple hija de Cartago; ella era una hija de las estrellas, destinada a abrirse camino bajo la atenta mirada de los cielos, su historia escrita en las constelaciones de sus nombres.

Casiopea: La Princesa de las Estrellas.

Casiopea y Camila en la Plaza

1.5 Casiopea: Diecinueve años despues.

Casiopea: La Princesa de las Estrellas.

Casiopea acompañó a Camila al bullicioso mercado de Cartago. El aire se llenó de aromas de especias y de la vibrante charla de los comerciantes.

Camila, envuelta en esa aura de amor maternal que la caracterizaba, observó el bullicio del mercado junto a Casiopea y le comentó con una sonrisa, -"¿Observas cómo florece el mercado, Casiopea? Es semejante a una danza, donde cada alma contribuye con su paso."

Casiopea, su curiosidad despertada, tomó entre sus manos un trozo de tela, dejando que la textura danzara entre sus dedos mientras decía, -"Todo es tan vívido, rebosante de energía y color."

Ante tal observación, Camila, capturada por la profundidad y la simpleza de la respuesta de su nieta, le dijo con un tono cálido y lleno de afecto, -"Justo como tú, querida. Eres el color en el lienzo de nuestras vidas, iluminándolo todo a tu paso."

1.6 Escena: La contemplación de Casiopea.

Aquella noche, Casiopea se encontró sola bajo el vasto manto estelar, sumida en la contemplación de sus recién cumplidos 19 años. Las conversaciones y vivencias del día resonaban en su mente, tejiendo recuerdos y sueños por igual.

En la tranquilidad de la noche, un pensamiento introspectivo, nacido de lo más profundo de su ser, trazó su curso a través de su conciencia. Con la mirada fija en la constelación que compartía su nombre,

Casiopea: La Princesa de las Estrellas.

Casiopea reflexionaba en silencio, dirigiéndose al inmenso cielo en un diálogo íntimo y silente.

-"Mi abuelo afirma que solo yo puedo comunicarme con ustedes, que nuestro vínculo es único, personal y sin necesidad de intermediarios", meditaba, mientras una estrella fugaz surcaba el cielo frente a ella. Sus ojos, incapaces de contener la emoción, brillaron con un fulgor reflejado de aquella visión fugaz.

En su interior, una oleada de júbilo y gratitud se desbordaba, clamando en silencio: -"¡Gracias, gracias, gracias por escucharme!"

Casiopea, abrazando el momento con su alma, susurró para sí misma: -"El mundo es un lienzo inmenso, repleto de misterios y maravillas. Anhelo descubrir qué secretos se esconden más allá de estas colinas, explorar los confines que se ocultan bajo este cielo estrellado."

En ese instante de comunión con el universo, Casiopea sintió cómo las cadenas de lo cotidiano se desvanecían, abriendo su corazón a la infinita posibilidad de aventuras y descubrimientos que aguardaban más allá de su hogar, bajo el eterno testigo de las estrellas.

1.7 La resolución de Casiopea.

Mientras las estrellas brillaban en lo alto, Casiopea sintió que una profunda resolución se agitaba en su interior. Sabía que su destino no se limitaba a las suaves colinas de Cartago. Al igual que las constelaciones, su historia debía ser vasta y llena de maravillas.

Casiopea: La Princesa de las Estrellas.

Casiopea: (Decidida en ese momento, se repite así misma) -"No seré solo un cuento contado bajo el cielo de Cartago. Seré una historia que viajará a través de tierras y mares".

Y con eso, el viaje de Casiopea, que la llevaría mucho más allá de las colinas familiares de su infancia, comenzó a tomar forma en su corazón. Estaba destinada no solo a seguir las estrellas sino a trazar su rumbo entre ellas, guiándola a través de pruebas y triunfos, moldeándola en una figura tan duradera como las propias constelaciones.

Un encuentro casual con un viajero Romano. En medio del bullicio de la plaza, un Viajero Romano capturaba la atención de los transeúntes, proclamando con un entusiasmo contagioso: -"¡Roma, la ciudad eterna, cuyas calles resuenan al paso de dioses y héroes!"

Casiopea, movida por una curiosidad insaciable, se abrió paso entre la multitud hasta quedar frente al viajero y, con ojos chispeantes de interés, le preguntó: -"¿Realmente es Roma tan magnífica como la pintan?"

El viajero, envuelto en un aura de misterio y conocimiento, le respondió con un tono que destilaba un orgullo casi tangible: -"Ah, joven dama, es un lugar de ensueño, un tapiz donde los sueños se entrelazan con la misma esencia de la existencia."

Los ojos de Casiopea se iluminaron aún más, si cabe, con la chispa del asombro y la fascinación. Las palabras del viajero, pintando a Roma como un escenario de maravillas inimaginables, encendieron en ella una llama

Casiopea: La Princesa de las Estrellas.

de deseo por descubrir y experimentar por sí misma la esplendorosa realidad de tales relatos.

1.8 Conversaciones bajo los olivos.

Más tarde aquel día, bajo la sombra protectora de los olivos, Casiopea compartió con sus abuelos la fascinación que había despertado en ella las historias del viajero.

-"Abuela, abuelo, - ¿alguna vez habéis visitado Roma? - ¿Es verdaderamente tan grandiosa como cuentan las leyendas?"

Cáleos, sumido en sus reflexiones ante semejante pregunta, contestó: — Roma es un mosaico de contrastes, Casiopea. Posee una grandeza indiscutible, pero también es compleja: un tejido de luz y sombras que se entrecruzan.

Camila, con su voz impregnada de una serena sabiduría, añadió: -"Dondequiera que te lleven tus pasos, querida, no olvides la prudencia de estos cerros que nos cobijan. Ten presente que no todo lo que reluce es oro."

Casiopea asimiló cada palabra, dejando que el tejido de sus consejos se entrelazara con sus propios pensamientos. La atracción hacia lo desconocido se hacía cada vez más fuerte en su interior, un llamado irresistible que resonaba con la esencia misma de su ser aventurero.

Esa noche, Casiopea soñó con estar en el corazón de Roma, rodeada de su esplendor y misterio. En su sueño,

Casiopea: La Princesa de las Estrellas.

ella no era solo una espectadora sino parte de la historia que se desarrollaba en Roma.

Casiopea sumida en su mar de sueños se dice para sí misma. -"En Roma ciudad de leyendas, ensueños y mitos encontraré mi camino, mi destino".

1.9 Un nuevo amanecer.

Al amanecer, Casiopea tomó una decisión que cambiaría el curso de su vida. Decidió viajar a Roma para desentrañar sus misterios y encontrar su lugar en el mundo.

Casiopea, replicaba constantemente en su mente ese día. (Resuelto) -"Iré a Roma. Seguiré las estrellas hasta mi destino".

Y así, el viaje de descubrimiento, aventura y autorrealización de Casiopea estaba a punto de comenzar.

Bajo la atenta mirada de los cielos, se aventuraría a salir de la familiaridad de Cartago, impulsada por la misma fuerza celestial que guio a su tocaya a través del cielo.

Al igual que las constelaciones anteriores, su historia estaba destinada a quedar escrita en los anales del tiempo, la historia de una niña guiada por las estrellas hacia su destino.

Casiopea: La Princesa de las Estrellas.

1.10 Consejo sincero de Cáleos y Camila.

La mañana después de su decisión, Casiopea se acercó a Cáleos y Camila para compartir su decisión de viajar a Roma. Sentados juntos en su modesta cocina, el aire estaba cargado del aroma a pan recién hecho y hiervas.

Casiopea, con la determinación brillando en sus ojos, se dirigió a sus abuelos: -"Abuelo, abuela, he tomado una decisión. Voy a partir hacia Roma. Siento que mi camino, mi verdadero destino, me aguarda allí".

Cáleos y Camila intercambiaron una mirada cargada de preocupación, pero también de comprensión, ante la resolución de su nieta.

Cáleos, con voz firme y pausada, le advirtió: -"Casiopea, Roma es un universo distinto a todo lo que has conocido hasta ahora. No solo es un lugar de maravillas, sino también un laberinto de complejidades y peligros".

Camila, con su mirada llena de afecto y sabiduría, añadió: -"Hemos presenciado tu crecimiento, transformándote en una persona de gran fortaleza y coraje, querida nieta. Sin embargo, el coraje, por sí solo, no basta para sortear las corrientes de Roma".

Casiopea, firme en su decisión, pero receptiva a las palabras de sus mayores, respondió: -"Comprendo vuestras preocupaciones, y las valoro. Pero algo en mi interior me impulsa hacia allá. Es una llamada que debo atender, lo siente mi corazón".

Cáleos, mirándola con ojos que reflejaban tanto orgullo como cautela, le recordó: -"Tu corazón es audaz, pero

Casiopea: La Princesa de las Estrellas.

la verdadera sabiduría reside en saber cuándo avanzar y cuándo detenerse. Roma puede ser despiadada con los que desconocen sus costumbres y sus calles".

Camila, su voz teñida de ternura, le dijo: -"No olvides, querida, que las estrellas que te guían en viajes lejanos también iluminan los senderos en nuestro hogar. La búsqueda de tu destino no necesariamente debe llevarte a lugares remotos".

Así, entre consejos y bendiciones, Casiopea se preparaba para enfrentar su destino, armada con el amor y la sabiduría de sus abuelos, lista para descubrir su camino bajo el cielo que la vio nacer.

Sus palabras resonaron en Casiopea, despertando una mezcla de duda y determinación en su interior.

Casiopea, prestando profunda atención a sus abuelos, pero decidida por tal decisión, comenta. -"Entiendo y aprecio su sabiduría. Pero siento como si las estrellas me llamaran a este viaje, para encontrar una parte de mí que sigue siendo desconocida".

Cáleos y Camila compartieron una mirada de complicidad, conscientes de que el espíritu que ardía dentro de Casiopea era muy parecido al que había impulsado a su madre Idalia.

Cáleos, con vos de resignación le comenta a Casiopea. -"Si tu corazón está decidido a este viaje, no te detendremos. Pero te instamos a que vayas con cuidado, que aprendas y observes antes de saltar".

Casiopea: La Princesa de las Estrellas.

Camila aferrándose a ese instinto maternal, pero a la vez de confort, le dice a la niña.

- "Y no importa lo lejos que viajes, recuerda que el amor y las enseñanzas de este hogar siempre estarán contigo".

Casiopea asintió, sintiendo el peso de su amor y preocupación. Sabía que su decisión conllevaba riesgos, pero el llamado de lo desconocido era una fuerza poderosa que se sentía obligada a seguir.

1.11 Reflexión de Casiopea.

Más tarde ese día, bajo la sombra de un viejo olivo, Casiopea reflexionaba sobre las palabras de sus abuelos. El consejo que le ofrecieron era sabio, y sus preocupaciones, legítimas. No obstante, el ansia por la aventura y el descubrimiento ardía en su interior. Se percató de que su anhelo por viajar no se debía únicamente al encanto de Roma, sino a la búsqueda de su propia fortaleza y su lugar en el mundo.

Casiopea, sumida en sus pensamientos, se prometió a sí misma: -"Iré a Roma con la mente abierta y el corazón precavido. Honraré la sabiduría de mis abuelos, siendo tan prudente como audaz".

Fortalecida y templada por la prudencia, Casiopea inició los preparativos para su viaje, que no solo la llevaría a cruzar el mar, sino también a sumergirse en las profundidades de su valentía e identidad.

Casiopea: La Princesa de las Estrellas.

1.12 Un diálogo bajo el cielo estrellado entre Cáleos y Casiopea.

Aquella noche, envuelta por el velo estelar, Casiopea se encontraba sentada al exterior, absorta en sus cavilaciones. Las estrellas, centelleantes en lo alto, servían de silenciosos testigos de sus reflexiones.

Cáleos, avanzando con pasos medidos, se acercó a ella, llevando consigo la carga de los años y el conocimiento acumulado.

Cáleos, mirándola intensamente a los ojos mientras la brisa nocturna les acariciaba, le confesó: -"Casiopea, tu madre, Idalia, fue el mayor gozo de mi vida. Y en ti, veo reflejado su espíritu, su valentía, su amor".

Casiopea giró hacia su abuelo, los ojos iluminados por el resplandor estelar, respondiéndole: -"La percibo en mi ser, abuelo, pese a no haberla conocido".

Cáleos, con una voz cargada de afecto, pero a la vez de cautela, le reveló: —Ella, al igual que tú, se sintió seducida por la vastedad del mundo, con la esperanza de dejar su huella en él. Y al partir de Roma, lo hizo con el corazón afligido, pero repleto de esperanzas.

Casiopea absorbió cada palabra, las descripciones de Cáleos delineaban la imagen de una madre que nunca llegó a conocer.

Casiopea: La Princesa de las Estrellas.

Cáleos y Casiopea en una noche de estrellas.

Cáleos continuó: -"Regresó a este lugar, al amparo de estas colinas y estrellas. Jamás deseé su partida, pero su

Casiopea: La Princesa de las Estrellas.

espíritu noble estaba inquieto. Creía, al igual que tú, que su destino yacía más allá de estas costas".

Casiopea, cuya incertidumbre se reflejaba en la delicada curva de sus labios, indagó con voz temblorosa: -"¿Pero por qué regresó, abuelo? - ¿Qué la impulsó a abandonar sus sueños y aspiraciones?"

Cáleos, un hombre cuya edad había tallado profundas historias en su rostro, suspiró con un peso que parecía llevar el eco de épocas pasadas, un sonido que arrastraba consigo las sombras y luces de su vívida existencia, le aconseja a Casiopea.

-"Roma, querida Casiopea, era un crisol de promesas y peligros, un lugar vibrante, pero también lleno de acechanzas, especialmente para un espíritu tan ardiente y soñador como el de tu madre.

Ella, con su corazón indomable, se lanzó en pos de cambiar el mundo, de dejar su marca indeleble. Pero, a veces, las corrientes del destino son demasiado arrolladoras, incluso para aquellos de voluntad férrea."

Casiopea, cuya juventud estaba adornada por la resiliencia y la curiosidad, absorbía cada palabra, permitiendo que un torbellino de sentimientos danzara en su pecho.

Cáleos ya cansado, prosiguió preparando a su nieta en su viaje a Roma. -"El camino hacia Roma que contemplas ahora es uno que tu madre ya transitó.

Es vital que comprendas sus anhelos, sus victorias y su retorno. Aprende de su viaje, pero no olvides que tu

Casiopea: La Princesa de las Estrellas.

destino es tuyo para forjarlo. Recuerda siempre, que sin importar hacia dónde te lleven tus pasos, el amor de tu madre, nuestro amor, te seguirá como la constante luz de las estrellas."

Con un gesto de profunda conexión y entendimiento, Casiopea extendió su mano, entrelazando sus dedos con los de su abuelo, cuyas manos desgastadas por el tiempo eran el mapa de una vida de esfuerzo y amor.

-"Atesoraré tus palabras, abuelo, le responde Casiopea, y llevaré conmigo no solo sus sueños, sino también los tuyos. Avanzaré con cautela, pero es imperativo explorar este sendero que se despliega ante mí."

Ambos compartieron un silencio cómplice, envueltos en la magia de un cielo estrellado que tejía historias de luz y sombra, un firmamento que guiaba a Casiopea en el umbral de una aventura que era tanto suya como un eco de los sueños de la madre que jamás conoció.

La brisa nocturna, cargada con el aroma salino del mar y la tierra fértil de los viñedos, tejió a su alrededor un instante eterno, suspendido entre el ayer y el mañana.

Casiopea sedienta del saber de su madre pregunta. -"Abuelo, ¿alguna vez mamá compartió contigo sus vivencias en Roma, su día a día en esa ciudad de luces y sombras?"

Cáleos a sabiendas que existían secretos de su hija Idalia que Casiopea desconocía, respondió entre frases. -"Frecuentemente, mi querida Princesa, con un corazón dividido entre el afecto y la desilusión.

Casiopea: La Princesa de las Estrellas.

Para ella, Roma era un escenario de contrastes agudos; su monumental belleza se enfrentaba a profundas injusticias. Creía firmemente en la capacidad de su voz para generar un eco transformador en las calles milenarias de la ciudad."

Los ojos de Casiopea se llenaron de lágrimas contenidas, un anhelo profundo de vincularse con la madre que nunca conoció, invadiendo su ser.

-"Pero no olvides, Casiopea, que Roma no es solo un escenario de ensueños. Es un laberinto donde el poder danza con la sombra y la luz. Tu madre asimiló esta realidad, y esa lección es crucial para ti."

Cáleos, rompiendo la serenidad del instante con un gesto cargado de significado, extrajo de entre sus pertenencias un pequeño colgante exquisitamente tallado. -"Cuando emprendas tu viaje, lleva esto contigo", dijo al entregarle la joya. -"Pertenecía a tu madre. Era su tesoro más preciado, un compañero constante en sus jornadas."

Casiopea, al recibir el colgante, sintió cómo el peso de su legado y el amor infinito se condensaban en aquel pequeño objeto, descansando ahora en la palma de su mano, un enlace tangible con la madre que le había sido arrebatada por el destino antes de poder conocerla.

-"Gracias, abuelo. Lo llevaré como un faro, como una promesa eterna de mantener vivo su espíritu y sus sueños", respondió Casiopea, con la voz entrecortada por la emoción, sellando en su corazón el compromiso

Casiopea: La Princesa de las Estrellas.

de honrar la memoria y el legado de su madre a través de sus propios pasos y descubrimientos.

1.13 La súplica de Camila a Cáleos.

Más tarde esa noche, en el silencio de su habitación, Camila se volvió hacia Cáleos, sus ojos reflejando la confusión y el temor que anidaban en su interior. La luz de la luna, filtrándose por la ventana, bañaba sus rostros curtidos, iluminando las líneas grabadas por años de alegrías y pesares.

Camila, sumergida dentro de su dolor por la partida de la niña, comenta:

-"Cáleos, debemos detenerla. Reclamándole a Cáleos, Aún es una niña, nuestra pequeña Casiopea. Tras perder a Idalia, el solo pensar en perderla a ella también me resulta insoportable. Ella es todo lo que nos queda."

La voz de Camila temblaba, agobiada por el peso de sus miedos, mientras el instinto protector de una madre se enfrentaba a la ineludible realidad del tiempo y el crecimiento.

Cáleos: (después de un breve suspiro, tomó su mano suavemente, comentándole): -"Comprendo tu temor, mi amor, pero Casiopea es muy parecida a su madre". Posee la misma pasión, el mismo espíritu indomable. Si intentamos detenerla, corremos el riesgo de alejarla aún más. De seguro la perderíamos de una forma diferente.

Casiopea: La Princesa de las Estrellas.

Las palabras de Cáleos, impregnadas de la sabiduría obtenida a través de los años, estaban teñidas del mismo temor que afligía el corazón de Camila.

-"Pero no está lista, Cáleos. Aferrándose Camila a una esperanza remota le comento a Cáleos. El mundo más allá de estas colinas es vasto e implacable. Ya perdí a mi hija; no soportaría perder a mi nieta también."

Mientras hablaba, Camila se acercó a Cáleos, buscando consuelo en sus brazos. Cáleos la envolvió en un abrazo, tratando de ofrecerle paz en la quietud de la noche.

Cáleos: (frotándose la barbilla le dice) -"Debemos recordar nuestra creencia de siempre. Somos el arco y nuestros hijos, nuestros nietos, son las flechas. Podemos guiarlos y moldear su camino, pero al final, el viaje les pertenece. Ellos son quienes deben elegir su destino."

Camila: (Con lágrimas asomando en sus ojos) -"¿Y si su camino la conduce hacia el peligro, hacia el sufrimiento?"

Cáleos: (con su espíritu estoico y convincente, le dice a Camila) -"Entonces confiaremos en que la hemos dotado de la fuerza, la sabiduría y el amor necesarios para enfrentar cualquier adversidad. Nuestra Idalia enfrentó su destino con valentía; Casiopea hará lo mismo."

Camila, perdida en sus pensamientos, se aferró más fuerte a Cáleos. Sus plegarias esa noche estuvieron cargadas de ruegos por la seguridad y la guía de

Casiopea: La Princesa de las Estrellas.

Casiopea, su corazón dividido entre el instinto de protegerla y la comprensión de que dejarla ir también es una forma de amar.

Camila desconsolada a no perder a Casiopea repite. - "Haz algo, por favor, Cáleos. Protege a nuestra niña."

Cáleos, sosteniendo a Camila en sus brazos, su corazón lleno de temores no expresados y promesas no articuladas. Era consciente de que el viaje que Casiopea estaba a punto de emprender no sería solo físico, sino también un viaje del alma, un rito de paso que todo joven espíritu debe afrontar.

Con el avance de la noche hacia el amanecer, Cáleos y Camila se mantuvieron abrazados, encontrando consuelo y fuerza mutua, mientras afuera, bajo las mismas estrellas que una vez guiaron a marineros y soñadores, Casiopea reposaba en el umbral de su gran aventura.

1.14 Desayuno y condiciones.

Al despuntar el día siguiente, mientras los primeros rayos de sol se filtraban por las ventanas, dibujando patrones de luz y sombra en el suelo, Casiopea se encontró con sus abuelos en la mesa del desayuno.

Esta estaba dispuesta con una sencillez que rezumaba calidez, adornada con pan recién horneado, frutas frescas del jardín y queso de la región. Casiopea percibió una atmósfera cargada de solemnidad mientras tomaba

Casiopea: La Princesa de las Estrellas.

asiento, una seriedad que presagiaba una conversación de importancia.

Cáleos, con una voz que resonaba con el peso de una decisión meditada, comenzó a hablar, aclarándose la garganta para romper el silencio: -"Casiopea, hemos reflexionado largamente sobre tu decisión.

Si esto es realmente lo que anhelas, contarás con nuestro apoyo incondicional. Nos hemos comprometido a hacer los arreglos necesarios para que te hospedes con un viejo amigo de confianza en Roma, alguien que se asegurará de tu bienestar."

Los ojos de Casiopea se iluminaron, reflejando una mezcla de gratitud y sorpresa, aunque no pudo evitar percibir el tono de preocupación que velaba la voz de su abuelo.

Cáleos continuó, impregnando cada palabra con una seriedad paternal: -"Pero es imperativo que prometas obedecer sus consejos, sin dar lugar a la imprudencia. Desconoces los desafíos que Roma te deparará. No es una ciudad como Cartago."

Camila, con un matiz de ansiedad tejiendo su voz, añadió: -"Debes tener cuidado, querida. Muchos en Roma aún guardan rencores hacia tu abuelo. No soportaríamos que esos antiguos resentimientos te causaran algún daño."

Casiopea, con una atención que absorbía la gravedad de sus palabras, comprendió el profundo amor y la preocupación que sus abuelos albergaban por ella.

Casiopea: La Princesa de las Estrellas.

Camila, con un tono que trazaba una línea inquebrantable, estableció: -"Y tengo una condición más: debes volver antes del invierno. No es solo un viaje de exploración. Y por favor, evita complicaciones innecesarias... especialmente con los jóvenes romanos."

Casiopea, sintiéndose levemente sonrojada por el comentario, pero también divertida por la preocupación tan característica de su abuela, respondió con una sonrisa:

-"Abuela, me conoces bien. Mi viaje a Roma no tiene ese propósito..."

Camila, con una firmeza que no admitía réplica, insistió: -"No es momento de ser ingenua, Casiopea. Aunque confiamos en ti, Roma es un mundo aparte, lleno de peligros y tentaciones desconocidas para ti."

Casiopea asintió con solemnidad, captando la esencia de sus palabras, la seriedad de sus advertencias y el amor inquebrantable que las motivaba.

Casiopea, con una voz teñida de determinación y promesa, aseguró: -"Os lo prometo, abuela, abuelo. Procederé con cautela, seguiré los consejos de vuestra amiga en Roma y regresaré antes de la llegada del invierno. Anhelo ver el mundo, sentir un fragmento de la vida que mi madre vivió."

Cáleos y Camila compartieron una mirada de entendimiento mutuo, una aceptación silenciosa del espíritu libre e indomable de Casiopea, tan parecido al de Idalia. Confiaban en que la guía que le habían

Casiopea: La Princesa de las Estrellas.

proporcionado y las lecciones impartidas serían suficientes para protegerla en su andadura.

El desayuno prosiguió, y con él, la conversación derivó hacia los detalles de la preparación para el viaje de Casiopea.

A pesar de la preocupación que latía bajo la superficie, también había un aire de expectación, un palpitar compartido de emoción ante la idea de que Casiopea estaba a punto de emprender una aventura que la transformaría de maneras que aún no podían imaginar.

La niñera, regresando a la cocina, una mujer cálida y entregada que había dedicado años de su vida al cuidado de Casiopea, no logró contener su sobresalto al escuchar la conversación, exclamando con una mezcla de miedo y consternación: -"¿Roma? - ¿Mi pequeña niña en Roma?" La angustia se apoderó de su voz, y sin añadir nada más, salió corriendo, el rostro bañado en lágrimas.

Casiopea, al darse cuenta de la profunda preocupación de quien había sido su apoyo incondicional, se apresuró tras ella, determinada a brindarle consuelo a esa alma que le había entregado amor incondicional.

Encontrándose ambas en una pequeña sala adyacente al pasillo, Casiopea le aseguró: -"No te preocupes, regresaré antes de lo que imaginas. Es algo que necesito hacer para entender por qué mamá huyó de Roma, y descubrir quién es mi padre. Si no busco respuestas, me perseguirán las dudas toda la vida."

Casiopea: La Princesa de las Estrellas.

La niñera, secandose las lágrimas y mirando a Casiopea con ojos llenos de temor y amor, respondió: -"Mi querida niña, Roma es un lugar lleno de peligros, especialmente para una joven de Cartago. Prométeme que tomarás todas las precauciones."

Casiopea, conmovida por la preocupación de su niñera, le respondió con una sonrisa teñida de ternura: -"Te lo prometo."

Tras este emotivo intercambio, Casiopea volvió a la cocina, donde su abuelo la esperaba. La atmósfera aún vibraba con la tensión del momento anterior, pero la postura de Cáleos se había transformado en la de un mentor listo para impartir una valiosa lección.

Cáleos, con voz serena, pero firme, anunció: -"Aún no has partido, Casiopea. Eso significa que tenemos tiempo para un entrenamiento crucial. Hoy te revelaré los tres secretos del Zen, conocimientos que serán tu guía en Roma."

Casiopea, secándose las últimas lágrimas y con la curiosidad avivada, tomó asiento frente a su abuelo. Siempre había sentido una profunda admiración por la sabiduría de Cáleos y la mística que envolvía sus enseñanzas, preparándose para absorber cada palabra que le acercaría un paso más a la comprensión de su propio destino.

Casiopea: La Princesa de las Estrellas.

1.15 La lección de Zen.

Cáleos procedió a limpiar la mesa con movimientos meticulosos y serenos, preparando el espacio no solo físico, sino también mental, para impartir una lección trascendental. Cada gesto suyo emanaba una calma intencionada, una demostración de la atención plena que pronto enseñaría.

Cáleos, con una voz impregnada de tranquilidad y sabiduría, compartió: —"El primer secreto Del Zen es la conciencia. El estar completamente presente Casiopea. En Roma, te encontrarás en un torbellino de cambios. La conciencia será tu refugio seguro, tu ancla en la tempestad."

Casiopea, con los ojos fijos en los de su abuelo, asimiló la profundidad de sus palabras, comprendiendo la crítica importancia de vivir plenamente cada instante, especialmente frente a lo desconocido que aguardaba en Roma.

Cáleos continuó, su voz reflejando la importancia de adaptarse a los caprichos del destino: -"El segundo secreto es la adaptabilidad. Debes ser como el agua, fluyendo alrededor de los obstáculos, adaptándote sin perder tu esencia. Roma te planteará desafíos inimaginables. La capacidad de adaptarte será crucial para superarlos."

Casiopea ponderó sobre las complejas redes de intrigas y desafíos de Roma, sintiendo cómo el concepto de adaptabilidad se arraigaba en su ser, brindándole una nueva capa de confianza ante los retos venideros.

Casiopea: La Princesa de las Estrellas.

Cáleos, enfatizando la importancia del equilibrio, concluyó: -"Y el tercer secreto es el equilibrio. En el Zen, como en la vida, encontrar la armonía entre opuestos es vital. Roma es un mosaico de contrastes. Navegar por sus extremos requerirá que mantengas tu centro, equilibrando cada aspecto de tu ser."

Casiopea meditó sobre estas palabras, internalizando que estas enseñanzas trascendían las artes marciales; eran directrices para enfrentar la vida, particularmente una vida que estaba por desplegarse en el vibrante corazón del Imperio Romano.

Al finalizar la lección, Casiopea se llenó de un renovado sentido de propósito y determinación. Ahora entendía que el camino a seguir exigiría más que solo preparación física; requeriría de una fortaleza mental y espiritual inquebrantable.

Casiopea, con una voz que destilaba gratitud y resolución, expresó: -"Gracias abuelo. Estas lecciones resonarán conmigo, no solo en mi mente sino también en mi corazón."

Cáleos, mirándola con un brillo de orgullo y esperanza en sus ojos, le recordó:

-"Recuerda, Casiopea, estas enseñanzas son como semillas plantadas en ti. Dependerá de ti cuidarlas, nutrirlas y permitirles florecer."

Con estas palabras llenas de sabiduría, Casiopea concluyó su desayuno, enfocando su mente y espíritu en el viaje que se avecinaba.

Casiopea: La Princesa de las Estrellas.

Armada con las lecciones de su abuelo, el amor incondicional de su abuela, y el cuidado protector de su niñera, Casiopea se sentía preparada para enfrentar los desafíos que Roma le presentaría, construyendo sobre la sólida fundación recibida y forjando su propio camino bajo el cielo romano.

1.16 La resolución de Casiopea.

Casiopea sintió una renovada sensación de propósito y disposición cuando concluyó la lección. Comprendió que el viaje que tenía por delante requeriría más que una preparación física; exigiría fuerza mental y espiritual.

Casiopea: (agradecida por las enseñanzas y amor de su abuelo le dice). -"Gracias, abuelo. Llevaré estas lecciones conmigo, no solo en mi mente sino también en mi corazón".

-"Recuerda, Casiopea, le replicó Cáleos, estas lecciones te ayudarán de la misma manera que las tengas presentes sin omitirlas".

Con estas sabias palabras, Casiopea terminó su desayuno y se concentró en el viaje que le esperaba. Las enseñanzas de su abuelo, el amor de su abuela y el cuidado de la niñera le habían proporcionado una base sólida. Depende de ella construir sobre ello y abrirse camino bajo los cielos romanos.

Casiopea: La Princesa de las Estrellas.

1.17 Una conversación sincera en la terraza.

Casiopea, sosteniendo una taza de té entre sus manos, se dirigió hacia la pequeña terraza que ofrecía una vista panorámica del viñedo. El paisaje, envuelto en los tonos dorados del atardecer, le brindaba un instante de paz profunda. Sumida en sus reflexiones, no notó la presencia de su abuela Camila hasta que esta se acercó con pasos silenciosos.

Camila, su voz teñida de ternura y una palpable preocupación, le dijo: -"Mi querida niña, por favor, cuídate mucho. Te hablo de los jóvenes porque Roma es una ciudad llena de tentaciones, y tú... todavía eres tan inocente. Nunca has experimentado el amor; no conoces la dulzura ni el peligro de un beso."

Casiopea sintió cómo sus mejillas se teñían de rojo ante las palabras de su abuela, una mezcla de timidez y diversión iluminaba su rostro.

Casiopea, con una sonrisa tímida, respondió: -"Abuela, me estás haciendo sonrojar."

Camila se sentó junto a ella, sus ojos reflejando un mar de preocupación y amor incondicional.

Camila: (continuó aconsejando a Casiopea) -"Querida, Roma no es como la imaginas. Es un lugar que puede hechizar y confundir a un corazón joven y soñador como el tuyo."

Casiopea, volviéndose hacia su abuela, captó la seriedad y el cuidado en sus palabras.

Casiopea: La Princesa de las Estrellas.

Casiopea, asegurándose con un gesto, le respondió a su abuela: -"Lo entiendo, abuela". Valoro mucho tus consejos. Mi viaje es para aprender y vivir un poco de lo que vivió mamá, para ver el mundo. No es solo una búsqueda de aventuras; es un intento de conectar con una parte de mi historia que desconozco.

Camila, extendiendo su mano, tomó la de Casiopea con suavidad, un gesto que sellaba su apoyo y comprensión mutua.

Camila, mirando a los ojos de Casiopea, le responde: -"Confío en ti, Casiopea". Posees la inteligencia de tu madre y la fortaleza de tus abuelos. No olvides nunca nuestros consejos y cuida de no dejarte deslumbrar por el brillo de la ciudad.

Casiopea abrazando la mano de su abuela le dice: -"No lo olvidaré, abuela. Llevo conmigo una parte de nuestro hogar, siempre."

Ambas permanecieron en silencio, contemplando cómo el sol se ocultaba tras las colinas, pintando el cielo de matices que reflejaban sus sentimientos, esperanza, preocupación y un amor profundo. Este momento compartido en la terraza era agridulce para una abuela que se enfrentaba a la idea de soltar y para una nieta a punto de comenzar un nuevo capítulo de su vida.

1.18 Un momento de reflexión con Marco.

Buscando un refugio para sus pensamientos, Casiopea se encontró en el acantilado cerca de la casa, mirando el

Casiopea: La Princesa de las Estrellas.

inmenso mar. A su lado, Marco, un amigo de toda la vida que siempre había compartido su ansia por descubrir y maravillarse.

Hablaron poco, sumidos cada uno en sus propias meditaciones, mientras el sonido de las olas servía de calmante, con un susurrar musical.

Marco, con un tono cargado de afecto y preocupación, rompió el silencio: -"Vas a ir,

¿verdad, Casiopea? A Roma, de todos los lugares posibles."

Casiopea, asintiendo con determinación, confesó: -"Sí Marco. Es algo que tengo que hacer. Para explorar el mundo, para entender el legado de mi madre."

Marco la observó, su mirada mezclando admiración y una ansiedad palpable, le suplico: -"Solo prométeme que serás prudente. Roma es un universo distinto a todo lo que conocemos aquí."

Casiopea, con una sonrisa que esbozaba la promesa de futuras aventuras, aseguró: -"Te lo prometo, Marco. Y regresaré con historias que superarán incluso aquellas que solíamos soñar."

Mientras tanto, dentro de la casa, Camila expresaba su inquietud a Cáleos, su voz impregnada de una preocupación palpable.

Casiopea: La Princesa de las Estrellas.

Una reunio con Marco frente al mar.

-"¿No deberíamos enviarle un mensaje a Cronos? pregunto Camila. ¿Para informarle que su hija se dirige a Roma?"

Casiopea: La Princesa de las Estrellas.

Cáleos: (con sabiduría le responde sacudiendo la cabeza en señal de negación, afirmando con firmeza). -"Le hicimos una promesa de silencio absoluto a Idalia, Camila. No pienso romper esa promesa ahora."

Camila: (insistente, planteó) -"Pero reflexiona, Cáleos. Imagina la reacción de Cronos al descubrir que tiene una hija. Nuestra Casiopea ha tomado su decisión, y debemos honrarla, por más que nos cueste."

Cáleos, con una voz calmada, pero resuelta, compartió su perspectiva: -"Dejemos que la vida despliegue su propio guion, Camila. Aunque intentemos influir en él, el destino tiene su propia manera de actuar. Nuestro deber es estar al lado de Casiopea, ofreciéndole nuestro apoyo y guía."

Camila exhaló un suspiro, mezcla de entendimiento y persistente preocupación. Aunque sabía que Cáleos estaba en lo correcto, el instinto maternal la impulsaba a querer proteger a Casiopea de cualquier futuro dolor.

Camila, con un dejo de esperanza, murmuró: -"Solo deseo que estemos tomando la decisión adecuada."

Cáleos, con sabiduría y una tranquila convicción, respondió: -"En cuestiones del corazón, y más aún cuando se trata de nuestros hijos, no existen decisiones correctas o incorrectas, solo elecciones que hacemos. Depositemos nuestra confianza en Casiopea, tal como lo hicimos en Idalia."

Camila asintió, encontrando consuelo en las palabras de Cáleos. Permanecieron juntos, fortalecidos por su

Casiopea: La Princesa de las Estrellas.

mutuo amor hacia Casiopea y la esperanza de que su viaje y su eventual regreso fueran seguros.

Con el transcurrir del día y la llegada de la noche, la residencia de Cáleos y Camila se sumió en una serena aceptación, mientras cada uno, a su manera, se preparaba para el inminente viaje de Casiopea.

Sentada en el acantilado, contemplando el vasto horizonte, Casiopea experimentaba una mezcla de emoción y nerviosismo. Aunque el camino que se extendía ante ella era incierto, se sentía lista para emprenderlo, armada con el amor y las lecciones de su familia, y el espíritu inquebrantable de su madre, Idalia.

1.19 Conversación en el desayuno sobre historia y leyendas.

Mientras el sol matutino bañaba con su luz la modesta villa, Casiopea y sus abuelos se agrupaban alrededor de la mesa para disfrutar del desayuno.

El ambiente se saturaba con el aroma del pan recién horneado y el té de hierbas. Casiopea, siempre curiosa y ávida de conocimiento, aprovechó este momento de tranquilidad para consultar a su abuelo sobre una duda que persistía en su mente.

Casiopea: (le pregunta a Cáleos, con esas ganas del saber que le caracterizaba) -"Abuelo, he oído hablar sobre los tiempos oscuros. – ¿Es verdad que existían monstruos marinos que devoraban a los habitantes de las aldeas?"

Casiopea: La Princesa de las Estrellas.

Camila, buscando preservar la serenidad del desayuno matutino, intercedió con dulzura: -"Casiopea, permitamos que tu abuelo disfrute de este momento de paz. Hay temas que es mejor dejar para otro momento, no en la mesa del desayuno."

Sin embargo, Cáleos, incapaz de ignorar la sed de saber de su nieta, decidió abordar su pregunta, adoptando un tono serio pero lleno de afecto, inclinándose hacia adelante para captar toda su atención.

-"Mi querida Princesita, responde Cáleos, lo que mencionas forma parte de las leyendas y mitos. Sí, hubo una época marcada por el temor y la incertidumbre, pero fueron los hombres, y no seres míticos, quienes tejieron el manto de terror."

Casiopea escuchaba, fascinada, con los ojos bien abiertos ante la revelación. - ¿y cómo sucedió eso, abuelo?

Cáleos: (con esa experiencia autodidacta responde). - "Hubo una guerra que cambió el destino de nuestra región. Las tribus griegas desataron un conflicto contra Troya, el corazón del comercio de aquel entonces.

Su caída dejó a muchos sin sustento, desencadenando saqueos a lo largo del Mediterráneo. Aquellos que pudieron, buscaron refugio en las montañas para escapar de la violencia."

Casiopea absorbía cada palabra, pendiente de la historia.

Casiopea: La Princesa de las Estrellas.

Cáleos: (continuó su relato). -"Fueron esos hombres, desesperados y sin rumbo, quienes sembraron el pánico y el dolor, conocidos hoy como los Pueblos del Mar.

Sin embargo, de esa oscuridad, los fenicios extrajimos aprendizajes valiosos. Transformamos el comercio marítimo, empleando la velocidad de sus embarcaciones para expandir nuestras rutas y compartir nuestra cultura respetando las de los demás."

Tras una pausa contemplativa, Cáleos sonrió levemente y dice. -"No, no existían monstruos marinos cazando aldeanos querida Casiopea."

Intrigada aún más, Casiopea planteó otra cuestión. -"Entonces, abuelo, ¿quiénes eran exactamente los fenicios? - ¿Acaso poseían un imperio como el de Roma?"

Cáleos con su paciencia caracteristica responde a la niña: -"Los fenicios, princesa, no constituíamos una raza, sino una amalgama cultural. Cananeos, nabateos, semitas, arameos y sirios, todos convergieron bajo nuestra cultura. Nuestro poder residía en la unión y el respeto mutuo, expandiendo horizontes sin someter a los demás a nuestro yugo."

La conversación se extendió hasta el crepúsculo, bajo un cielo teñido por el ocaso que envolvía a Cáleos y Casiopea en una atmósfera de aprendizaje y descubrimiento.

Cáleos, contemplando el cielo estrellado, reflexionó: -"El poder puede nacer del dinero, pero también el dinero puede otorgar poder. Griegos y romanos olvidan

Casiopea: La Princesa de las Estrellas.

que la verdadera fortaleza surge de la riqueza del espíritu, no solo de las conquistas."

Casiopea, con la mente desbordante de ideas, escuchó atentamente las enseñanzas de su abuelo, quien concluyó: "Existen innumerables filosofías que buscan explicar el mundo, Casiopea. Pero recuerda, el verdadero poder yace en el autoconocimiento y la sabiduría interna."

1.20 Cáleos y Casiopea con su ultima clase al anochecer.

Cansado tras un día ajetreado de trabajo, al caer la tarde, Cáleos se acerca al acantilado. Casiopea, al ver llegar al abuelo, lo saluda con una voz sonriente:
-Hola Gran Maestro, - ¿y cuál es la clase de hoy?

Con esa sonrisa revitalizadora que solo Casiopea podía lograr en él, Cáleos le da un beso en la mejilla y se sienta a su lado.

-Hija mía, hoy te explicaré la diferencia entre el ganador y el perdedor. Aunque no confundas al triunfador con el fracasado, son dos conceptos diferentes.

Cáleos prosigue contándole sobre su juventud: Viviendo con mis padres a la edad de catorce años, estaba frustrado. Mi abuelo, un hombre sabio y experimentado en el arte de la guerra, me entrenó desde mi niñez a manejar la espada.

Mi tío y mi primo mayor practicábamos todas las tardes, y jamás pude derrotar a ninguno. Ese día marcó un

Casiopea: La Princesa de las Estrellas.

antes y un después: frustrado, tiré mi espada al piso y dije: "No combatiré más, me dedicaré a otra cosa". Mi abuelo, hombre sabio dijo: "Perfecto, hay que celebrar". Tomando dos vasos de limonada, nos sentamos a la sombra del portal.

-Preguntando: ¿Por qué decidiste que la espada no es tu camino?

Respondiéndole yo: Abuelo, es que no he ganado jamás un combate, me frustro.

Él puso la mano sobre mi hombro y dijo: La diferencia entre ganar o perder está en la mente. Si estás disperso, tu fuerza y velocidad serán menores, pero si estás concentrado, serás invencible.

Yo, incrédulo, le contesté: Pero abuelo, me hablas de concentración, pero no logro nada, o es que yo miro la concentración desde un punto de vista diferente.

Respondiendo él: La concentración consiste en la presencia. Si estás presente en tu cuerpo y mente, no existirá pensamiento o fuerza alguna que te saque de allí.

- ¿Y cómo lo logro, abuelo?

Me miró, se sonrió y dijo: Deja todos tus pensamientos fuera de tu mente; tu perro, tu novia, si tienes sed o no, si estás cansado, todo, déjalo todo afuera.

Entonces sentirás en ese momento como una fuerza fluye dentro de ti. Serás mente y espada. Recuerda, la mente es la arena, el campo; el pensamiento es quien la ocupa. Al estar totalmente presente, tú escogerás el tipo

Casiopea: La Princesa de las Estrellas.

de pensamiento. Ahí es cuando toda tu fuerza y agilidad fluirán al unísono y serás indestructible.

Hagamos algo, no más combate por una semana. Tu nuevo campo de batalla será tu mente. El próximo lunes nos vemos de nuevo con tu mente presente y verás la diferencia.

Fue increíble ese punto de inflexión, un antes y un después. Creo que jamás perdí un combate después de esa clase.

Casiopea, sumergida en la historia de Cáleos y llena de curiosidad, sin dejar espacio a la duda o a las posibilidades, pregunta:

- ¿Y cuál es la diferencia entre el triunfador y el fracasado, abuelo?

Cáleos, con esa sabiduría innata, le contestó:

-Mi princesa, el triunfador es aquel que se supera a sí mismo, obviando toda retribución externa. Es sabido que lograr dicha superación conlleva sacrificios y esfuerzos. El fracasado es aquel que aspira a ser el triunfador a cualquier costo, y cuando no lo consigue, se frustra.

Con esas palabras, la noche envolvió su diálogo, dejando a Casiopea meditando sobre las profundas verdades compartidas. Aquellas conversaciones junto al acantilado se habían convertido en una invaluable fuente de sabiduría, preparándola para el futuro que la esperaba.

Capítulo 2: Una vida alterada

2.1 Bajo el ala del soldado.

La infancia de Casiopea fue un tapiz de contrastes: la tierna crianza de su abuela Camila se entrelazó con la formación disciplinada de su abuelo Cáleos. A medida que creció, las colinas de Cartago, que eran su patio de recreo, también se convirtieron en su campo de entrenamiento. Cáleos, al ver en su nieta la chispa de algo extraordinario, comenzó a enseñarle las artes que mejor conocía: las artes de la guerra.

Cada mañana, mientras el sol pintaba el cielo con la promesa de un nuevo día, Casiopea entrenaba bajo la atenta mirada de Cáleos. Aprendió a empuñar una espada con gracia y fuerza, y sus pequeñas manos se volvieron firmes y seguras.

Practicó el arte de la estrategia y comprendió la danza de la batalla, donde cada movimiento era una nota de una sinfonía mortal bajo el manto de estrellas, su abuelo le contaba historias de héroes romanos, su coraje y sus caídas, inculcándole un sentido de propósito y orgullo.

Sin embargo, en medio de esto, el corazón de Casiopea permaneció alegre y su risa una melodía que resonaba en toda la villa. Encontró alegría en las pequeñas

Casiopea: La Princesa de las Estrellas.

maravillas de la vida: el florecimiento de las flores, el vuelo de los pájaros, las infinitas historias que su abuela compartía. En todas sus facetas, la vida fue su maestra y ella su entusiasta alumna.

2.2 El día que cayó el cielo.

Pero la inocencia, como todas las cosas puras y bellas, a menudo se encuentra al borde de la oscuridad. Fue en un día como cualquier otro, con el sol alto y el aire lleno del aroma de las uvas maduras, que el mundo de Casiopea se hizo añicos. Al regresar del mercado, con el corazón alegre por la anticipación de compartir historias de su día, encontró su casa en llamas, sus paredes, que alguna vez fueron sólidas, sucumbieron a la furia del fuego.

Congelada por el horror, corrió hacia el infierno, sus gritos por sus abuelos se perdieron en el rugido de las llamas. En medio del caos, encontró a su leal sirvienta, Alba, gravemente herida y su vida se desvanecía a cada instante. Con su último aliento, Alba susurró sobre el ataque: brutal, inesperado e implacable. -"Romanos", la palabra fue una daga en el corazón de Casiopea.

2.3 El nacimiento de la venganza.

Algo dentro de Casiopea se movió entre las cenizas de su hogar en medio de la ruina de todo lo que había conocido y amado. La chica que alguna vez miró las estrellas con asombro ahora las miraba con resolución.

Casiopea: La Princesa de las Estrellas.

La formación, las historias y las lecciones de su abuelo ya no fueron solo parte de su educación. Eran su armadura, su camino.

Sin su familia y su otrora feliz hogar ahora solo eran un recuerdo, Casiopea abrazó el legado que su abuelo le había otorgado. Enterró a sus abuelos con honor, prometiendo sobre sus tumbas buscar justicia, descubrir la verdad detrás de este acto cruel y hacer pagar a los responsables.

Su risa se desvaneció, reemplazada por una determinación férrea. Reunió las armas que su abuelo había mantenido con tanto cariño, cada una de las cuales ahora forma parte de su arsenal en esta nueva guerra que debe librar. La villa, en cenizas, que alguna vez fue un santuario de amor y aprendizaje, permaneció en silencio, testigo del final de una vida y el comienzo de otra.

Con las estrellas como guía, Casiopea se adentró en las sombras de un viaje que pondría a prueba los límites de su espíritu y su cuerpo. Un viaje de venganza, nacido de las cenizas de la tragedia, destinado a convertirla en una fuerza con la que incluso los cielos tendrían en cuenta. El legado de Casiopea ya no estaba solo escrito en las estrellas: estaba grabado en el fuego de su alma.

Cuando el cielo se oscureció y las primeras estrellas de la noche comenzaron a aparecer, Marco, sintiendo el aislamiento cada vez más profundo de Casiopea, regresó a su lado.

Casiopea: La Princesa de las Estrellas.

Se acercó a ella con el cuidado y la preocupación de un hermano, un amigo de toda la vida que había compartido sus alegrías y tristezas. (Tomándola suavemente del brazo) "Ven conmigo, Casiopea. Mi Madre me ha implorado de no dejarte aquí sola, volvamos, va a ser una noche fría"…

Su contacto fue delicado, un recordatorio palpable del vínculo forjado en la inocencia de una infancia compartida. Casiopea miró a Marco, sus ojos eran espejos de una tormenta interna, apaciguada únicamente por la presencia de su amigo.

Casiopea, sumergida en su dolor y con voz apenas audible, le agradeció: "Gracias Marco".

Permitiéndose ser sostenida, Casiopea sintió la fuerza y el calor del soporte que Marco le ofrecía. Juntos, emprendieron el camino de vuelta a la casa, donde la luz que se filtraba por las ventanas teñía el crepúsculo de un brillo acogedor.

Marco, con un nudo de tristeza en su voz, pero ofreciendo su apoyo incondicional, le aseguró: -"No tienes que enfrentar esto sola, Casiopea. Aquí estamos para ti; todos nosotros. Eres parte de nuestra familia".

Casiopea: La Princesa de las Estrellas.

Casiopea, abatida por el dolor y una sed de venganza.

Durante su caminata, Casiopea se vio inundada por una profunda gratitud hacia Marco. Su presencia era un faro

Casiopea: La Princesa de las Estrellas.

de estabilidad en un momento donde todo lo demás parecía tambalearse.

Casiopea: (cansada y abrumada contesto) -"Lo sé Marco. Solo que... me siento abrumada por todo ahora mismo".

Marco, sinceramente comprensivo, admitió: -"No pretendo entender por completo lo que estás pasando. Pero creo que compartir la carga puede hacerla más llevadera".

Al llegar a la casa, el calor de su interior los recibió como un abrazo. La madre de Marco los esperaba, su rostro reflejando preocupación y un amor materno.

La Madre de Marco consolándola le dice: -"No estás sola en esto, querida. Siempre tendrás un hogar aquí con nosotros".

Esa noche, mientras Casiopea reposaba en la habitación de invitados, revivía los sucesos del día en su mente. A pesar del oscuro sendero de venganza que había elegido, el amor y apoyo de quienes la rodeaban, como Marco y su familia, le recordaban que no estaba sola.

Su bondad era un faro en medio de la oscuridad, un recordatorio de que, incluso ante una pérdida devastadora, el calor de las conexiones humanas persiste.

Casiopea: La Princesa de las Estrellas.

2.4 Una decisión fatídica bajo las estrellas.

En la quietud de la noche, mientras el resto del mundo dormía, Casiopea yacía despierta, contemplando el techo, con los eventos del día girando en su mente.

Afuera, las estrellas centelleaban, testigos silenciosos de la agitación en su interior. A pesar del confort y seguridad que ofrecía el hogar de Marco, y del amor y la preocupación de su familia, la intensa necesidad de venganza que ardía dentro de ella no encontraba consuelo.

En la soledad de su habitación, con una determinación tan inquebrantable como la estrella polar, Casiopea tomó su decisión. Se levantó de la cama con sigilo, vistiéndose rápidamente, cada acción marcando el camino que sentía obligada a seguir.

Casiopea, murmurando para sí: -"Debo hacerlo. Por mi familia, por justicia. No puedo demorarlo más".

Avanzó por la casa con pasos silenciosos, el peso del dolor anticipado por su partida hacia Marco y su familia oprimía su corazón. Pero la llama de su propósito ardía con mayor intensidad que cualquier temor.

Con cuidado, Casiopea abrió la puerta y se adentró en la vastedad de la noche. Las estrellas parecían trazarle un sendero a través de la oscuridad. Lanzó una última mirada hacia la casa, ese refugio de amor y seguridad, antes de alejarse con paso firme.

A medida que se distanciaba, el único sonido era el eco de sus pasos sobre el suelo. La decisión de partir, de

Casiopea: La Princesa de las Estrellas.

emprender esta solitaria cruzada de venganza, nacía del dolor, la pérdida y un profundo anhelo de justicia.

Casiopea, con una determinación que rompía cualquier parangón, decidió trasladarse hacia las ruinas de su casa. Una vez allí, las lágrimas y el dolor la consumían, mezclados con una sed de venganza jamás experimentada en ella.

En medio de su sufrimiento, tomó la espada de su abuelo, junto a ella se encontraba la armadura que Caleos le había regalado al cumplir sus dieciocho años. Debajo del cobertizo encontró parte de su atuendo de combate: una saya confeccionada con tiras de cuero resistente a las flechas.

En el suelo de la sala halló la ballesta de su abuelo. Sin pensarlo dos veces, decidió cargar con ella.

Casiopea era consciente de que el camino adelante estaría repleto de adversidades, pero sabía que no hallaría paz hasta confrontar los fantasmas de su pasado y la causa de la ruina de su familia.

Casiopea sintió que, más allá de la confusión, una firme determinación corría como un caudal por su cuerpo. Que las enseñanzas de su abuelo de artes marciales, espadas y conocimiento encontraban un cauce. Justicia.

Bajo el manto protector de la noche, guiada por las constelaciones que habían presenciado su nacimiento, Casiopea inició su viaje. Un viaje que la llevaría más allá de las colinas de Cartago, hacia el corazón de Roma, enfrentándose a las profundidades de su valentía y determinación.

Capítulo 3: El camino de la venganza

3.1 Sombras y Espadas.

El viaje de Casiopea pronto la llevó a las escarpadas afueras de un pequeño pueblo, donde habían llegado a sus oídos rumores de una banda de bandidos. Estos no eran bandidos comunes; Los susurros en el viento hablaban de su brutalidad y misterioso empleador. Cuando el sol se hundió en el horizonte, proyectando largas sombras sobre la tierra, Casiopea encontró a su presa.

Oculta bajo el manto del crepúsculo, observó su campamento. Sus ojos, agudos e inflexibles, estudiaban a cada bandido, memorizando sus movimientos, sus hábitos. Se movía como un fantasma, su presencia era desconocida y su resolución era tan firme como el acero de su espada.

Cuando la noche envolvió al mundo, Casiopea golpeó. Era una tormenta, sus ataques precisos y mortales. Las enseñanzas de Cáleos por primera vez en su vida tomaban forma real. Los bandidos, tomados por sorpresa, no pudieron rivalizar con su furia. Habían venido esperando una presa fácil, solo para enfrentarse a una tormenta vengativa. Uno por uno, cayeron hasta que solo su líder se levantó, su rostro era una máscara de miedo e incredulidad.

Casiopea: La Princesa de las Estrellas.

Casiopea, preparada para desafiar a Roma.

Con la punta de su espada en su garganta, Casiopea exigió respuestas. La verdad que brotó de sus labios fue

Casiopea: La Princesa de las Estrellas.

como veneno: la muerte de su familia fue un contrato, un golpe pagado.

La revelación alimentó su ira, pero antes de que pudiera extraer más, un golpe repentino desde atrás sumió su mundo en la oscuridad.

Casiopea despertó ante la dura realidad de las cadenas y la mirada fría de los soldados romanos. Le palpitaba la cabeza, un duro recordatorio de su captura. Estaba en una celda improvisada, prisionera del imperio al que intentaba desafiar. La ira y la frustración luchaban en su interior, pero se negaba a permitir que la desesperación se apoderara de ella.

Conforme pasaban las horas, observaba a sus captores, su mente trabajaba incansablemente para encontrar una salida. Pero no fue hasta que un oficial romano entró en su celda que el rumbo de su destino dio un giro inesperado.

El oficial, Dionisio, examinó a Casiopea con una curiosidad que destilaba una mezcla de respeto y un leve desconcierto. Sus ojos, a diferencia de los de sus compañeros soldados, revelaban la profundidad de un alma que había presenciado tanto el horror como la valentía en el campo de batalla.

Al acercarse, su mirada se detuvo en el medallón que colgaba del cuello de Casiopea, una pieza de metal simple pero repleta de historias y significados ocultos.

Casiopea: La Princesa de las Estrellas.

3.2 La revelación en la celda.

En la penumbra de la celda, el espacio entre Casiopea y Dionisio se llenaba de una tensión palpable. El interés de Dionisio por el medallón parecía conferirle un peso extraordinario, como si en él reposaran secretos del pasado.

Dionisio, con una voz que denotaba un interés genuino, indagó: -"¿Quién te obsequió ese medallón?"

Casiopea, envuelta en sus pensamientos, optó por el silencio, temerosa de revelar demasiado, consciente de que cada palabra podría tejer la red de su destino.

Dionisio, persistente en su búsqueda de respuestas, añadió: -"Ese medallón... solo cuatro personas conocen su existencia."

El silencio de Casiopea se volvía más denso, un muro entre ella y el mundo que Dionisio intentaba derribar.

Dionisio reveló, con un tono cargado de nostalgia: -"Fue creado por mi abuelo, a mi pedido, como símbolo de un amor eterno. Lo destiné para mi amigo de la infancia."

Las palabras de Dionisio eran como olas rompiendo contra la firme resolución de Casiopea, erosionando lentamente la barrera de su silencio.

Dionisio, con una voz suave, continuó: -"En su reverso, están grabadas dos iniciales: C y I, Cronos e Idalia."

Casiopea: La Princesa de las Estrellas.

Al escuchar esos nombres, el mundo de Casiopea se tambaleó. Cada sílaba pronunciada por Dionisio la sumergía más en las profundidades de una verdad oculta, revelando conexiones que su corazón intuía, pero su mente nunca había confirmado.

Casiopea, con una voz que apenas lograba romper el silencio, preguntó: -"¿Cómo conoces a mi madre?"

La reacción de Dionisio fue de asombro puro, sus ojos se ensancharon al comprender la magnitud de la revelación.

Dionisio, casi sin aliento, replicó: -"¿Tu madre? ¿Idalia es tu madre? Por favor, necesito saber, ¿se encuentra bien?"

La pregunta se suspendió en el aire, un puente entre el pasado y el presente. Casiopea se sintió abrumada por la revelación de que el medallón era un legado de amor de sus padres, un lazo directo con su herencia y su historia no contada.

En ese instante, la celda se convirtió en un escenario de emociones desbordadas, donde el pasado y el presente de Casiopea se entrelazaban irrevocablemente. Dionisio, que había comenzado como su captor, emergía ahora como un eslabón crucial hacia su pasado, ofreciéndole respuestas que alterarían su viaje de maneras inimaginables.

Casiopea: La Princesa de las Estrellas.

3.3 Revelando el pasado.

La oscuridad de la celda se cargaba con la magnitud de la verdad recién desvelada. Las palabras de Casiopea, pesadas con el anhelo de conocer y la sombra de una madre ausente, resonaban en el silencio, marcando un antes y un después en su búsqueda de identidad y pertenencia.

Casiopea, envuelta en un océano de incertidumbre y preguntas sin respuesta, compartió con Dionisio su más profundo anhelo, el recuerdo de su madre: -"Nunca conocí a mi madre. Falleció al darme vida".

Las palabras de Casiopea desataron en Dionisio una tormenta de angustia y conflicto. Se apartó, golpeando las frías paredes de piedra de la celda con sus puños, cada impacto resonando como un eco de su tormento interno. Casiopea, movida por un impulso de compasión a pesar de su propia maraña de emociones, extendió su mano y lo detuvo con una firmeza que brotaba de su vulnerabilidad.

Casiopea, con la voz teñida de una desesperación contenida, imploró: -"¿Conociste a mi madre? ¿Quién es mi padre? ¿Vive aún? Necesito saber de él. ¿Abandonó a mi madre? ¿Qué sucedió entre ellos?"

Sus preguntas fluyeron como un río desbordado, revelando su desesperación por desentrañar el misterio de su origen. Dionisio, inmovilizado por el tacto de Casiopea, se enfrentó a ella, sus ojos empañados por la tristeza de recuerdos y verdades largamente silenciadas.

Casiopea: La Princesa de las Estrellas.

Dionisio, con un suspiro que parecía arrastrar el peso de años no vividos, confesó: "Idalia era más que una amiga para mí, era como una hermana. Y Cronos, mi amigo más querido. Su amor era profundo e inquebrantable".

Tras una pausa, cargada de la melancolía de lo que fue y lo que pudo haber sido, Dionisio continuó: -"Cronos nunca abandonó a tu madre por elección. La Roma de aquellos días era un laberinto de peligros y desafíos, un escenario marcado por intrigas políticas y obligaciones ineludibles".

Casiopea absorbía cada palabra, construyendo en su mente el retrato de un pasado que le pertenecía, pero que nunca había vivido.

Dionisio, con una claridad que parecía iluminar la oscuridad de la celda, reveló: (Ahora veo el porque). "Idalia, al saberse embarazada, optó por la huida, un sacrificio concebido para proteger tanto a Cronos como a ti.

Él jamás supo de tu existencia, Casiopea. Tu madre se envolvió en el manto del secreto por tu bienestar".

Un silencio denso se cernió sobre ellos, cargado de la magnitud de un amor y sacrificio recién descubiertos. Para Casiopea, el medallón que siempre había llevado consigo, adquirió un nuevo significado, simbolizando no solo el recuerdo de su madre, sino también una historia de amor que definía su esencia.

Casiopea: La Princesa de las Estrellas.

Casiopea, con un hilo de voz que apenas lograba articular la pregunta, inquirió: -"¿Y mi Padre? ¿Sigue en Roma?"

Dionisio, con una sinceridad que brotaba de las profundidades de su ser, afirmó: -"Cronos permanece en Roma. Su amor por Idalia es una llama que nunca se extinguió. Ignoraba que su amor había fructificado en ti".

La revelación hizo que el mundo de Casiopea girara sobre su eje. Se encontraba en Roma, el corazón de su búsqueda de venganza, sin imaginar que también era el escenario de un encuentro destinado con su pasado y su familia.

El sendero de venganza que Casiopea había trazado se entrelazaba ahora, de manera irreversible, con una búsqueda personal de autodescubrimiento. En su anhelo de justicia por la devastación sufrida por su familia, había destapado su verdadero legado, un mosaico de amor, pérdida y los sutiles hilos del destino.

La penumbra de la celda se vio iluminada por la revelación de Dionisio, añadiendo nuevas dimensiones a la percepción que Casiopea tenía de su historia familiar.

Dionisio, con una voz cargada de un dolor prolongado y una ternura latente, confesó: -"Quizás no debería admitirlo, pero he guardado resentimiento hacia Cronos por la desaparición de Idalia. Los tres crecimos juntos, como si fuéramos hermanos. Yo también la amaba,

Casiopea: La Princesa de las Estrellas.

pero su corazón siempre fue de Cronos. Y yo, relegado al papel de espectador, solo pude sufrir la ausencia de ella."

La voz de Dionisio resonó en la estrecha celda, impregnada de un amor perdido y un deseo nunca correspondido.

Dionisio continuó: -"La busqué sin descanso por Fenicia, Siria, Cartago... Siempre recuerdo las palabras de tu abuelo, solía decir que Dionisio te adora, pero Idalia siempre fue de Cronos. Y ahora, me encuentro aquí, aferrándome solo a recuerdos."

Casiopea, absorbida por la narrativa, sintió cómo su corazón se ensanchaba ante una historia más compleja y entrelazada de lo que jamás imaginó.

Dionisio, con una determinación que brotaba de lo más profundo de su ser, prometió: -"Te liberaré de este lugar. Al amanecer gestionaré tu liberación y, en una semana, estarás con tu padre. Por ahora, te trasladaré a una tienda de campaña; no puedo arriesgarme a perderte de nuevo. Eso sería insoportable para mí."

El abrazo de Dionisio fue suave, lleno de una protección casi paternal. Al apartarse, sus miradas se cruzaron y él suspiró, visiblemente conmovido, exclamó: -"¿Cómo no lo vi antes? Tus ojos... son los de Idalia. La misma profundidad, el mismo espíritu indomable." Bella como un amanecer.

Casiopea, tocada por la sinceridad de Dionisio, experimentó una conexión revitalizada con el pasado de su madre. El medallón que portaba adquirió un

Casiopea: La Princesa de las Estrellas.

significado aún más profundo, representando ahora no solo un recuerdo, sino todo un legado de amor y sacrificio.

Mientras era escoltada fuera de la celda hacia la comodidad relativa de una tienda, Casiopea pasó la noche en vela, reflexionando sobre lo revelado. Su expedición a Roma había tomado rumbos inesperados, encaminándola hacia actos de venganza, pero también hacia el descubrimiento de sus raíces, su familia y posiblemente, la reconciliación con un padre desconocido.

En la calma de la noche, y justo antes de caer en un sueño profundo, Casiopea sintió la presencia de un destino que se tejía silenciosamente, guiado por las manos invisibles del pasado y la fuerza inquebrantable del amor y el sacrificio que la habían conducido hasta este punto crucial de su vida.

3.4 Despedida y revelación de Dionisio.

Al alba, cuando los primeros rayos de luz se habría pasos por la lona de la tienda, Dionisio se acercó, su figura recortándose contra el amanecer, proyectando una sombra que parecía portar el peso de las emociones del momento. Casiopea, sumergida en sus reflexiones, alzó la vista al entrar él.

Dionisio, con el corazón oprimido por un dolor profundo y una sensación de responsabilidad abrumadora, se acercó a Casiopea para despedirse, pero

Casiopea: La Princesa de las Estrellas.

también para desvelar aún más sobre el destino de sus abuelos.

Dionisio, su voz cargada de un pesar que había madurado con los años, comento: -"He venido a decirte adiós, Casiopea, y para revelarte más sobre la tragedia que sobrevino a tus abuelos."

Casiopea, capturando cada matiz de la luz matinal que delineaba la sinceridad en el rostro de Dionisio, se sentó, preparada para escuchar.

Dionisio, con cada palabra impregnada de una mezcla de ira y tristeza, confesó: -"Aquellos malditos bandidos... - ¿Cómo pudieron encontrarlo?

Tu abuelo, Cáleos, despertó envidia y resentimiento en algunos círculos políticos. Era un hombre íntegro, un aliado cercano de Cayo, nuestro senador en jefe. Eran almas gemelas, unidos más allá de la mera amistad. Sin embargo, esa conexión no bastó para protegerlo."

El corazón de Casiopea se contrajo ante la revelación, sintiendo cómo la tristeza y la ira se entrelazaban con la realidad de la historia de su familia.

Dionisio, con una promesa que resonaba con determinación y un anhelo de justicia, aseguró: "Te juro, Casiopea, que habrá consecuencias en Roma cuando Cayo se entere. No permitirá que esto quede sin castigo. La justicia prevalecerá, de una forma u otra."

Casiopea, movida por las palabras de Dionisio, asintió, sintiéndose atrapada en la complejidad de una saga familiar marcada por las intrigas de la política romana.

Casiopea: La Princesa de las Estrellas.

Casiopea, con gratitud y un nuevo entendimiento, le agradeció: -"Gracias Dionisio, por la verdad, y por tu ayuda."

Dionisio, con un gesto de solemnidad y compromiso, afirmó: "Es lo menos que puedo hacer por ti. Recuerda, no estás sola en esto. Hay quienes te respaldarán. Ahora, debo hacer los preparativos para tu viaje a Roma."

Al darse la vuelta para marcharse, Casiopea sintió cómo una ola de determinación la invadía. Ya no buscaba venganza con la misma furia ciega de antes; ahora, su lucha era por la justicia, por honrar el legado y los sacrificios de su familia.

Dionisio, antes de partir, le dijo: -"Cuídate, Casiopea. Que los Dioses te protejan."

Con esas palabras, Dionisio dejó a Casiopea sumida en sus pensamientos, más preparada que nunca para enfrentar lo que le deparara Roma, armada con la verdad y el amor de su familia descubierta.

Al alba, con el mar Mediterráneo extendiéndose vasto ante él, Dionisio se encontraba en el puerto, rodeado por el aroma salino del mar y la promesa de jornadas aún no emprendidas. Frente a él estaba Onas, su leal Centurio, cuya fidelidad había sido su baluarte durante más de una década.

Dionisio, con una seriedad que reflejaba la magnitud de su petición, instruyó: "Onas, es vital que entiendas la importancia de la misión que te confío. La vida de esa joven es tan preciada para mí como la mía propia. Protégela, cuídala. He de buscar a su padre, y antes de

Casiopea: La Princesa de las Estrellas.

que se propague la noticia sobre ella, debo resolver algunos asuntos."

La gravedad de la situación no se le escapaba a Onas, quien escuchaba con una expresión imperturbable, pero cuyos ojos destilaban un profundo respeto y comprensión por la petición de Dionisio.

Dionisio, enfatizando la urgencia, prosiguió: -"Al tercer día, zarpa hacia Roma con el otro barco. Dirígete directamente a la finca de Cronos. Él sabrá cómo protegerla."

Onas, firme y seguro, respondió: -"No se preocupe, mi senador. Entiendo la gravedad de la situación. Puede contar conmigo, como siempre."

La relación entre Dionisio y Onas trascendía la mera camaradería militar; era una hermandad forjada en innumerables batallas y desafíos. La lealtad de Onas era inquebrantable, y su habilidad para enfrentar adversidades, ya estaban probadas una y otra vez.

Mientras Dionisio se alejaba, dejando atrás el barco que simbolizaba la esperanza y la seguridad para Casiopea, sabía que ella estaba en manos capaces. Onas, contemplando el horizonte, se preparaba para emprender otra misión de vital importancia, consciente del papel que desempeñaba en el tejido del destino de Casiopea.

Casiopea: La Princesa de las Estrellas.

Capítulo 4: Al este de Cartago: una tierra hostil

4.1 Un encuentro con los Pueblos del Mar.

Al alba, mientras el barco de Dionisio se alejaba de la ensenada, ignorante de los peligros que acechaban, tres barcos ocultos en las sombras se preparaban para atacar. Pertenecían a los temidos Pueblos del Mar, un grupo de marineros infames por saquear poblados y vender a sus habitantes como esclavos.

Bajo el manto protector de la noche, estos corsarios lanzaron una ofensiva sorpresa contra el diminuto campamento. Los soldados romanos, atrapados desprevenidos, no pudieron resistir el embate. Onas, el leal Centurio, encontró un final trágico, atravesado por una lanza que le arrebató la vida antes de poder defenderse.

En la quietud de una tienda de campaña, Casiopea fue arrancada del sueño por los estridentes gritos de batalla. Sus ojos, agrandados por el horror, atestiguaron cómo un soldado caía a su lado, su sangre tiñendo la entrada de su refugio. Instintivamente, se armó con la armadura y el casco de un soldado caído, empuñando su espada y lanza con determinación.

Casiopea: La Princesa de las Estrellas.

Rodeada por el tumulto, Casiopea se aferró a un único pensamiento: debía sobrevivir.

Casiopea, armada de una determinación férrea, abrió paso a través de la parte trasera de su tienda, donde había creado una abertura para su huida. Sin embargo, no encontró más alternativa que enfrentarse cara a cara con sus agresores.

Con una destreza y agilidad impresionantes, empezó a neutralizar a sus adversarios uno tras otro. Sus movimientos eran los de un leopardo en la oscuridad de la noche, fluida y letal, dejando en claro que nada ni nadie podría detenerla en su lucha por la supervivencia.

Su escape, marcado por la precisión y la ferocidad aprendida de Cáleos, se vio abruptamente interrumpido cuando una red de pesca, densa y asfixiante, la envolvió, robándole la libertad de movimiento.

Desde las sombras emergió una orden inquebrantable, la cual al parecer era la del jefe de los bandidos.

-"Quiero a esa niña en mi camarote, viva y sin marcas. Esa muchacha vale su peso en oro".

Inmovilizada, Casiopea fue arrastrada hacia uno de los barcos, donde la ataron a una silla, marcando el inicio de su cautiverio.

En el exterior, los bandidos conversaban en susurros en portugués, ignorantes de que Casiopea, heredera de la erudición de su abuelo, dominaba múltiples lenguas y dialectos. Sus oídos captaron cada palabra de su diálogo.

Casiopea: La Princesa de las Estrellas.

Casiopea, un encuentro con los pueblos del mar.

El primero, (un hombre de mirada aguda y barba descuidada, señala hacia Casiopea con un gesto despreocupado mientras habla a sus compañeros)

Casiopea: La Princesa de las Estrellas.

- "Observa su atuendo; es cartaginesa. Roma jamás la reclamaría como suya", comenta, entremezclando desdén con una forma peculiar de admiración.

Su observación no solo demuestra apreciación por la evidente riqueza en la vestimenta de la joven, sino también un conocimiento sobre las diferencias culturales entre Roma y Cartago.

El segundo, (situado cerca de la única puerta del camarote, lo que podría indicar una actitud protectora o quizá una predisposición a la huida, responde en portugués, un idioma que añade una capa de exotismo a la conversación)

- "¿Te imaginas cuánto ofrecerían los lanistas por ella?
- Esta chica podría destacar en el Coliseo de Roma. - Yo pagaría por verla luchar", replica con un entusiasmo cruel, imaginando a la joven como una gladiadora, una atracción exótica en los sangrientos espectáculos de Roma.

Su comentario revela una perspectiva mercantilista de la vida humana, así como un conocimiento sobre el entretenimiento romano y su predilección por lo novedoso y espectacular.

El tercero, (ubicado más atrás, sugiriendo una menor participación en la captura o tal vez una inclinación hacia la reflexión, evalúa a la joven de manera aún más mercantil)

- "Esta muchacha vale por cincuenta esclavos", pronostica con voz que resuena en el camarote,

Casiopea: La Princesa de las Estrellas.

atribuyéndole un valor extraordinario basado en su apariencia y origen.

Su afirmación resalta la deshumanización inherente al tráfico de personas, además del alto valor que se le podía asignar a individuos considerados exóticos o de alto estatus dentro del cruel mercado de esclavos de la época.

Al asimilar sus palabras, Casiopea comprendió la profundidad de su predicamento. Su captura, aunque amenazante, la impulsaba irónicamente hacia Roma, el epicentro de su anhelo de venganza y autoconocimiento.

A pesar de las adversidades que la acosaban, Casiopea sintió cómo una resolución helada se apoderaba de su ser. Si el destino la arrastraba hacia Roma, se enfrentaría a él con la ferocidad y el ingenio que corrían por sus venas, heredada de Cartago y Roma.

Su travesía, sembrada de peligros y sombras de duda, la conduciría al mismísimo foso de los leones, y ella lo encararía no solo como una guerrera, sino como digna descendiente de dos grandes civilizaciones.

4.2 Llegada al Río Teverer.

Dos días más tarde, el navío que transportaba a Casiopea y a los bandidos se aproximó a los concurridos muelles del Teverer, un hervidero de actividad donde piratas y comerciantes intercambiaban bienes y esclavos sin escrúpulos.

Casiopea: La Princesa de las Estrellas.

El capitán de los bandidos, cuya mirada astuta y actitud implacable presagiaban su voracidad por el lucro, contemplaba el bullicio con una mezcla de codicia y anticipación.

Mientras Casiopea descendía por una rampa improvisada hacia el muelle, su presencia imponente no pasó desapercibida. Un miembro de la tripulación, encargado de asegurar los grilletes de los esclavos, osó acercarse con intenciones aviesas. Pero Casiopea, con un reflejo fulminante, desarmó al pirata y lo dejó incapacitado con un golpe certero. La confrontación se intensificó cuando otros tres bandidos, armados y decididos, intentaron someterla sin éxito.

En medio del caos, uno de los atacantes se atrevió a enfrentarla directamente. Casiopea, con una destreza que desmentía su aparente fragilidad, lo hirió gravemente en la pierna, mientras otro, temeroso de acercarse, la amenazaba con su espada desde la distancia.

Dos oficiales romanos, testigos de la escena, intervinieron. Uno de ellos lanzó su lanza hacia Casiopea, quien, con una agilidad sorprendente, esquivó el ataque y aprovechó para desarmar a su oponente más cercano.

Desde la cubierta del barco, una voz familiar y cargada de autoridad detuvo el enfrentamiento: -"¡Basta ya!". El capitán de los bandidos, empuñando una ballesta similar a la que Casiopea recordaba en la casa de su abuelo, la amenazó directamente:

Casiopea: La Princesa de las Estrellas.

-"Niña, si no deseas llevar esta flecha en tu pecho, es mejor que te detengas ahora".

Casiopea, reconociendo la mortal precisión de la ballesta, depuso su arma con una calma forzada. La voz del capitán resonó nuevamente, advirtiendo a todos los presentes:

-"Quien vuelva a molestar a la chica recibirá esta flecha como último recuerdo a la tumba". Sin resistencia, Casiopea fue encadenada, pero su valentía no pasó inadvertida entre los espectadores.

Casiopea se encontraba ahora en el corazón del mercado, un lugar donde la compraventa de hombres y mujeres reducidos a la condición de esclavos constituía la rutina diaria, un espectáculo de humanidad despojada de su dignidad bajo el sol implacable.

Cuando Casiopea fue llevada a la tarima para ser ofrecida al mejor postor, el ambiente se electrificó, transformándose en un hervidero de voces que pujaban y competían, cada oferta elevando la tensión y la expectativa en el aire.

Entre la multitud, Menelao, un lanista de renombre, observaba la escena desde su escondite. Tras evaluar la situación y ver el potencial de Casiopea, decidió intervenir con una oferta que silenció al puerto: -"Doblaré la última oferta".

La multitud, consciente de la reputación de Menelao, comprendió el significado de su interés por Casiopea. A pesar de estar encadenada y en una posición desventajosa, el espíritu indomable de Casiopea

Casiopea: La Princesa de las Estrellas.

resplandeció, consciente de que su destino en Roma tomaba un nuevo e inesperado giro hacia las arenas de los gladiadores.

Mientras Casiopea se preparaba mentalmente para lo que le esperaba, sabía que su camino hacia la justicia y el entendimiento de su legado apenas comenzaba, guiada por la resiliencia heredada de sus ancestros y la incertidumbre de un futuro en el corazón del imperio.

El camino hacia Roma se desarrolló de una manera que ella nunca podría haber predicho, cada paso trajo nuevos desafíos y revelaciones. Pero Casiopea, hija de Cartago y guerrera de espíritu, estaba lista para afrontar lo que le esperaba, armada con su coraje, sus habilidades y el legado de su familia.

4.3 Enfrentamiento en el Campamento de Gladiadores.

En el campo de entrenamiento polvoriento y abrasado por el sol del campamento de gladiadores, Menelao se paró ante Casiopea, quien permaneció en silencio, con las manos y los pies atados con cadenas.

Menelao con vos calmada pero segura pregunta. -"¿Y cuál es tu nombre?"

Casiopea no respondió, su silencio era tan desafiante como su mirada.

Menelao: (Con una leve sonrisa responde después de un breve silencio) -"Está bien, Silencio, así te llamaré. Mira

Casiopea: La Princesa de las Estrellas.

a tu alrededor, ninguno de tus compañeros cautivos está encadenado.

Nadie ha escapado nunca de aquí. No sé si eso te responda algo. Pero aquí a diferencia de otras escuelas todos somos iguales, el dolor de uno es al igual el dolor del otro.

La expresión de Casiopea permaneció sin cambios, su silencio inquebrantable, una clara señal de su espíritu indomable.

Frustrado por su estoicismo, Menelao dio una orden tajante a sus guardias. - "Quita las cadenas de sus pies".

—Y que se prepare como Dios manda.

Como los guardias obedecieron, uno de ellos cometió el error de intentar introducir su mano entre sus piernas. En un movimiento rápido y calculado, Casiopea torció sus muñecas, todavía atadas con los grilletes, golpeando la mano del guardia, aplastándole tres dedos. El Soldado aulló de agonía y cayó al suelo con los dedos ensangrentados, que clamaba. (Gritando de dolor) - "¡Está loca! ¡Loca!"

Menelao, molesto por la interrupción, intervino.

-"No tengo todo el día para estos juegos infantiles. ¿Podrías darle una espada de madera? Quiero ver qué puede hacer".

Dirigiéndose a uno de los gladiadores experimentados, le lanzó un desafío.

Casiopea: La Princesa de las Estrellas.

-"Baudilio, es tu turno. Muéstrale a esta chica lo que significa ser gladiador".

Baudilio, una figura corpulenta, se acercó a Casiopea y le golpeó la pierna con una espada de madera. Casiopea absorbió el golpe sin pestañear, su resistencia era evidente.

Luego le arrojaron una espada de madera a los pies. Casiopea se inclinó lentamente para recogerlo. En ese momento, Baudilio, confiado en su superioridad, intentó otro golpe. Pero Casiopea fue más rápida. Con un hábil movimiento, atrapó la parte trasera de la espada con el pie y la lanzó hacia su mano.

En un movimiento borroso, le dio un golpe rápido a la oreja de Baudilio, seguido de un golpe en la frente y luego un golpe aplastante en la ingle. Baudilio cayó al suelo, incapacitado por el dolor insoportable.

Menelao, aún incrédulo ante el espectáculo que acababa de presenciar, hizo un gesto decisivo hacia tres gladiadores y les indicó que se prepararan para enfrentar a Casiopea en el improvisado coliseo del patio.

Los tres hombres, de imponente estatura y musculatura, no tardaron en posicionarse frente a Casiopea, blandiendo sus espadas de madera con una confianza inquebrantable. Fue entonces cuando Menelao, con una voz que cortaba el aire, ordenó: -"Denle una lanza de madera a la chica".

Uno de los gladiadores, situado bajo la sombra de un portal, arrojó con fuerza una lanza hacia Casiopea,

Casiopea: La Princesa de las Estrellas.

quien, con una destreza sorprendente, la capturó en pleno vuelo.

Los tres adversarios comenzaron a cerrar el círculo alrededor de ella, pero Casiopea, con una agilidad que desafiaba las expectativas, tomó la lanza por un extremo y la hizo girar a su alrededor, creando una barrera casi impenetrable.

La multitud observaba, atónita, cómo Casiopea maniobraba la lanza con su izquierda, dibujando espirales en el aire, mientras que su derecha se aferraba firmemente a la espada de madera. En ese instante, otro gladiador, intentando pasar desapercibido, avanzó sigilosamente hacia la espalda de Casiopea.

Pero Casiopea, anticipando su movimiento, inclinó la lanza en un ángulo preciso, golpeando la mandíbula del atacante con tal fuerza que lo dejó inconsciente en el acto.

Fue entonces cuando Menelao, con una voz firme y convencida, puso fin al enfrentamiento: -"¡Es suficiente!". Reconociendo en Casiopea una habilidad de combate excepcional, una sonrisa se esbozó en su rostro mientras pensaba para sí: -"Esta chica tiene mucho que enseñarnos".

La determinación y destreza de Casiopea no solo habían ganado el respeto de Menelao, sino que también habían sembrado en él la certeza de que ella sería una revelación en los escenarios de gladiadores de Roma.

Casiopea: La Princesa de las Estrellas.

Casiopea, en un combate en la escuela

El campo de entrenamiento quedó en silencio, los espectadores quedaron atónitos por la habilidad y ferocidad de Casiopea. Menelao vio cómo un nuevo

Casiopea: La Princesa de las Estrellas.

respeto aparecía en sus ojos. Casiopea se mantuvo erguida entre el polvo y los caídos, su silencio solo se rompía con las pesadas respiraciones del esfuerzo.

Menelao: (Dirigiéndose a sus guardias, con voz satírica y burlona, comenta) -"Dudo que alguien sea lo suficientemente valiente como para compartir una celda con ella después de esa exhibición". Muy bien, Silencio, refiriéndose a Casiopea: tendrás tu habitación. Quizás seas el luchador que esperaba que fueras.

Hizo una pausa, su mirada se detuvo en Casiopea, tratando de leer la resolución grabada en sus rasgos.

-"No me decepciones. Quiero que estés lista para los juegos de este fin de semana. Has demostrado habilidad, pero la arena es una bestia diferente. Sobrevive a eso y obtendrás algo más que tu celda".

Casiopea, aún en silencio, asintió levemente, entendiendo la gravedad de lo que se avecinaba. Los partidos del fin de semana serían una verdadera prueba de su fuerza y voluntad de sobrevivir. Menelao se giró para marcharse y le dirigió una última mirada evaluadora.

-"Descansa, entrena duro. La multitud ama a un luchador, pero ama aún más a un sobreviviente. Demuestra tu valía en la arena; tendrás más que solo mi respeto".

Mientras Menelao se alejaba de ella, Casiopea fue escoltada a su nuevo alojamiento: una celda pequeña y solitaria donde podría prepararse para el próximo desafío.

Casiopea: La Princesa de las Estrellas.

Sola en sus pensamientos, contempló el camino que la había llevado hasta allí. Cada paso, cada decisión suya, la había acercado a este momento, un momento que no solo mejoraría su destreza física sino también su fuerza interior y su determinación.

Los juegos del fin de semana estaban en el primer plano de su mente, un obstáculo que necesitaba superar. Pero Casiopea, la nieta de Cáleos, formada en las artes de la guerra y la estrategia, no era ajena a los desafíos. Estaba lista para enfrentar cualquier cosa que la arena le deparara, preparada para luchar por la supervivencia y el legado que llevaba dentro de ella.

Capítulo 5: Revelaciones y sanación.

5.1 Darío, una esperanza de luz.

En el vibrante corazón de Roma, envuelta en los muros del cuartel de gladiadores regentado por Menelao, Casiopea se hallaba inmersa en una realidad ajena a las apacibles colinas de su Cartago natal.

En este dominio, donde la fuerza y la supervivencia dictaban las leyes de la existencia, su destino se entrelazaba con el de Darío, un destello de humanidad en el abismo de crueldad.

Casiopea: La Princesa de las Estrellas.

Con el ocaso del sol dibujando sombras alargadas sobre el cuartel, Menelao, señor de este imperio de sangre y arena, convocaba a Aníbal, su fiel servidor. -"Aníbal, necesito que localices a Darío."

Aníbal: (respondiendo rápidamente) -"Lo haré de inmediato, mi señor."

Aníbal, tras una breve ausencia, retornó acompañado de Darío, el joven médico cuya devoción por la curación y el espíritu compasivo lo habían convertido en un pilar dentro del cuartel. La oportunidad de ejercer la medicina, brindada por Menelao, había permitido a Darío desplegar su vocación.

Aníbal, obediente a las órdenes de Menelao, anunció: -"Mi señor, Darío está aquí."

Menelao, desde su silla, cargada de años y decisiones, observó a Darío y le preguntó: -"Darío, ¿cómo estás? ¿Va todo bien?"

Darío, envuelto en un halo de respeto hacia quien le había brindado su apoyo, respondió: -"Sí señor Menelao. Los días son intensos, pero hay una gran satisfacción en mi labor. Le agradezco profundamente su apoyo."

Menelao, sin vacilar, expresó: -"Me complace escucharlo. Después de una pausa, prosiguió: "Hay una cuestión que requiere tu atención. En la Celda 6 se encuentra una joven gladiadora cuyo talento eclipsa al de todos mis luchadores. Se rehúsa a nutrirse. Necesito que hables con ella, intenta persuadirla."

Casiopea: La Princesa de las Estrellas.

Darío, con la dignidad y la sabiduría que lo caracterizaban, miró a Menelao y solicitó:

-"¿Podrían llevarme a ver a la joven?"

Darío aceptó el desafío con profesionalismo. Aproximándose a la celda de Casiopea, emanando cautela y empatía. -"Buenas noches, señorita". ¿Que desea cenar esta noche? Le pregunto Darío.

Casiopea, atrapada por las cadenas de su difícil situación, tanto física como emocionalmente, mantuvo silencio, erigiéndose en un baluarte de resistencia.

Darío: (Dirigiéndose al guardia, Melecio) -"Por favor, abre la celda."

Melecio: (hombre precavido le comenta a Darío) -"Lo lamento, señor. Tengo órdenes directas de Menelao."

Darío: (le replica con insistencia) -"Es vital para su bienestar. Por favor, Melecio."

Con reluctancia, Melecio accedió, permitiendo a Darío entrar. Las palabras del médico, impregnadas de una dulzura insistente, empezaron a erosionar las barreras que Casiopea había erigido.

Darío: (refiriéndose a Casiopea) -"Vengo en son de paz, no de conflicto. Soy Darío, el médico aquí. Me preocupa tu salud."

Por vez primera, Casiopea habló, su voz entremezclando desafío y curiosidad, pregunta) -"¿Quién dice que estoy enferma?"

Casiopea: La Princesa de las Estrellas.

Darío: (con su afable naturalidad respondé) -"No me preocupa solo la enfermedad. La vitalidad se alimenta de una buena nutrición. Sin ella, tus posibilidades de sobrevivir el sábado se desvanecen."

Mientras Darío proseguía, su honestidad y disposición para ayudar comenzaron a derrumbar las defensas de Casiopea.

Darío: (tratando de tranquilizar a Casiopea en busca de cierto ambiente de cordialidad expresa) -"Este lugar, bajo la tutela de Menelao, ofrece una oportunidad única. Aquí, los gladiadores pueden conquistar su libertad. Posees un potencial extraordinario. No lo desaproveches por descuido."

La franqueza de Darío y su promesa de un futuro con posibilidad de libertad empezaron a despejar el oscuro camino que Casiopea creía tener por delante.

Gradualmente, las defensas de Casiopea comenzaron a ceder, ablandadas por la sincera preocupación que Darío le demostraba. Con un destello de deseo que reflejaba su emergente confianza, Casiopea expresó su anhelo: -"Quiero pollo asado y refresco de uva".

Darío no pudo evitar sonreír ante su petición, percibiendo en ella un gesto de apertura. Con una voz impregnada de ternura y paciencia, aseguró: -"Nuestra Alicia se encargará de prepararlo".

Alicia, alma de la cocina y venerada empleada de Menelao, era vista por todos no solo como una trabajadora, sino como una figura materna, cuya presencia infundía calidez y seguridad.

Casiopea: La Princesa de las Estrellas.

Antes de retirarse, Darío solicitó a Melecio que se ocupara de llevar a Casiopea no solo la comida prometida, sino también un detalle de gentileza: una maceta con una orquídea para adornar su espacio. -"Tal vez a ella le agrade", dijo con una sonrisa cómplice, bromeando sobre su propia imagen ante Melecio. ".

Menelao, con una sonrisa ladeada, agradeció a Darío: -"Gracias, buenas noches".

Darío, antes de alejarse, dejó una última instrucción a Melecio, encargado de la seguridad de Casiopea: -"Melecio, si ella necesita algo, ya sabes dónde encontrarme, sin importar la hora". Menelao, testigo de este intercambio, no pudo evitar escuchar el compromiso de Darío con el bienestar de Casiopea.

Tras la partida de Darío, el susurro de gratitud de Casiopea flotó en el aire de la celda, marcando el inicio de un cambio sutil en su espíritu.

La bondad de Darío, junto con su preocupación inesperada, había encendido un rayo de esperanza en las sombras de su confinamiento. Aun en este entorno de adversidad, descubrió que aún podía haber lugar para la sanación, el entendimiento y alianzas forjadas en la mutualidad de la condición humana, más allá de los combates.

En las primeras luces del alba, Darío yacía desvelado, su mente inmersa en pensamientos sobre Casiopea. La imagen de ella, tanto desafiante como vulnerable, lo mantenía en vilo, tejiendo en su mente estrategias y diálogos sobre cómo podría asistirla. Aunque conocía el carácter de Menelao, sabía que persuadirlo no sería tarea fácil.

Con la llegada del amanecer, Darío se levantó de un salto, decidido a actuar.

Aunque no tenía un plan concreto, estaba resuelto a ver a Casiopea nuevamente, preparando en su mente las palabras que convencerían a Menelao para permitirle otro encuentro.

5.2 Una reunión matutina

Bajo el primer sol de la mañana, Darío galopó decidido hacia el cuartel, la determinación marcando cada movimiento. Al llegar, se encontró con Menelao en su jardín, sumido en la tranquilidad del amanecer, entre sorbos de Te y bocanadas de humo de una mesclas de hirvas.

Menelao, cuyos ojos destilaban años de experiencia y astucia, observó a Darío con una mezcla de curiosidad y leve diversión. Con un tono que danzaba entre la broma y el sarcasmo, no pudo evitar comentar:

-"Buenos días, doctor Darío. ¿Olvidastes acaso algo anoche, o acude de nuevo en busca de nuestra paciente?"

Darío, firme y con una claridad que brotaba de su convicción, replicó: -"Buenos días a usted, Menelao. Solo vengo a sugerir que, si realmente desea ganarse la confianza de esa joven, podría comenzar por darle algo de espacio."

Casiopea: La Princesa de las Estrellas.

Menelao, esbozando una sonrisa genuina, pero teñida de sorpresa, replicó:

-"Vaya, ahora resulta que también eres sabio. Tu versatilidad nunca deja de asombrarme."

Darío, sin titubeos, pero con un gran respeto, responde: -"Señor, ayer no intercambió palabra con nadie, pero conmigo habló en apenas unos minutos". Creo que el mensaje es claro. Usted mismo solicitó mi ayuda ayer, y yo simplemente trato de brindarla.

Menelao, con un gesto pausado, dejó su taza sobre la mesa, jugueteando distraídamente con su cachimba. Con una mirada que reflejaba tanto afecto como una pizca de tristeza, contestó:

-"Darío, no sé cómo hacértelo entender... No me llames señor. Te considero como al hijo que nunca tuve. Incluso insististe en financiar tus estudios cuando prometí a tu madre cuidar de ti. Me duele, hijo, esa formalidad con la que me tratas."

Darío, apenado, pero con formalidad dentro de la seriedad del momento, responde: -"Lo siento, Menelao, pero así fue como me educaron."

La conversación desplegó ante ellos el tapiz de su relación; un lazo tejido con respeto y gratitud, pero sombreado por una distancia emocional. Aunque la formalidad era una muestra de respeto de Darío hacia Menelao, también servía como un muro que mantenía

Casiopea: La Princesa de las Estrellas.

su conexión en un punto de equilibrio delicado y complejo.

Con el alba extendiendo sus primeros rayos sobre Roma, Darío emprendió su jornada con una mezcla de determinación y anticipación. Su reciente encuentro con Casiopea había encendido en él no solo un interés profesional, sino también una curiosidad personal profunda por el enigmático gladiador.

La conversación tomó un giro cuando Menelao, inclinándose hacia adelante, adoptó un tono más grave y contemplativo.

-"Cambiando de tema, Darío, hay algo que debo comentarte. Las mujeres, verás, poseen una sutileza que a menudo supera el entendimiento de los hombres.

Eres joven, casi un muchacho, pero ha llegado el momento de que aprendas. Veo el interés especial en tu voz, ese matiz nervioso en tus ojos. Es tu asunto, no el mío. Pero como tu mentor, mi deber es advertirte; ten precaución. He visto a demasiados hombres perderlo todo por el capricho de una mujer".

Darío: (con cierta cautela comenta) -"Valoro tu consejo, Menelao", sintiendo el peso de las palabras de Menelao.

Darío, asiendo caso omiso a lo comentado antes por Menelao, le explica paciente y profesionalmente: -"En cuanto a la joven, necesita condiciones para asearse adecuadamente. Observé que aún llevaba rastros de sangre en su piel. Dudo que se sienta cómoda bañándose en una palangana a la vista de todos".

Casiopea: La Princesa de las Estrellas.

Menelao reflexionó sobre las observaciones de Darío, jugueteando con su cachimba, comenta: -"¿Y qué propones, Darío?"

Darío, tomando asiento, contestó con seriedad: -"Deberíamos facilitarle una estancia más adecuada o acceso a un baño privado".

Menelao, con cierto sarcasmo y despecho, replica: -"Esto no es una posada, Darío. El único lugar con baño privado es mi propio aposento. Está bien, te encargarás de llevarla, pero si intenta escapar, se acabarán los privilegios.

Darío de una manera tajante, replica: -"Usted solicitó mi ayuda y aquí estoy. Si desea su confianza, debe demostrarle respeto. La privacidad puede evitar que se sienta atrapada".

Levantándose, Darío se dirigió hacia la celda de Casiopea, meditando en las palabras de Menelao. -"¿Por qué yo?" ¿Acaso Alicia no podría acompañarla?", se preguntaba, aún incrédulo ante la misión encomendada.

Menelao, quitando responsabilidades, le comenta: -"Alicia te acompañará, pero tú estarás allí para garantizar su seguridad".

Con esa inesperada carga sobre sus hombros, Darío avanzó hacia la celda. La misión que le aguardaba era nueva para él, una fusión de su compromiso profesional y un desafío personal, impulsado por el enigmático consejo de Menelao.

Casiopea: La Princesa de las Estrellas.

Al aproximarse, Darío mostró una determinación calmada, consciente de la delicadeza de la situación.

Darío, atrapado por un mar de emociones y contradicciones, saluda a Casiopea: -"Buenos días, señorita". Viendo ese colchón desgastado, no me atreveré a preguntar cómo ha dormido".

Casiopea respondiendo amablemente -"Buenos días, señor".

Darío, tratando de seguir el hilo de una conversación, pregunta. -"¿Ha desayunado ya, señorita?"

-"Sí, señor Darío", respondiendo Casiopea, marcando para Darío un pequeño triunfo personal al oír su nombre de sus labios.

Darío: (emocionado por el calido momento, comenta) -"Melecio, ¿podrías abrir la celda, por favor?"

Melecio lo mira a los ojos titubeantes: -"Claro, señor Darío".

Ya dentro, Darío solicitó a Melecio las llaves de los grilletes.

-"Melecio, ¿podrías darme las llaves, por favor?"

Melecio: (con un tono de preocupacion pregunta) -"¿Está seguro, señor?".

Con un gesto firme y seguro, Darío aceptó las llaves.

En ese momento, Darío le pide a la joven: -"Casiopea, ¿podrías extender tus brazos? Voy a liberarte de estos grilletes".

Casiopea: La Princesa de las Estrellas.

Ya, a las espaldas de Darío se encontraba Alicia, que había sido llamada por Menelao.

Este momento se convirtió en un acto de confianza y comprensión mutua, un gesto simple, pero significativo, que marcó el inicio de una nueva etapa en la relación entre el médico y el gladiador.

Detrás de su muro protector, Casiopea sentía que su corazón latía con fuerza cada vez que Darío le hablaba. Extendió los brazos y, por primera vez, sintió el toque de las manos de Darío en su piel. Ella, rápidamente quito sus brazos de el.

Darío: (sorprendido exclama) -"Por favor, no quiero asustarte". No te haré daño. Estoy aquí para ayudarte. Confía en mí".

Las palabras de Darío fueron suficientes para que Casiopea rompiera a llorar en un rincón, abrumada por la tormenta de emociones que la invadía.

En ese momento, Alicia entró en la celda, acompañando a Darío y Casiopea.

Alicia: (Dirigiéndose a Darío con energía) -"¿Qué le has hecho a la niña?" ¿No te basta con verla en ese estado?"

Darío: (Confundido exclama) -"No le he hecho nada". Quiero quitarle los grilletes para que pueda bañarse. Dios, en qué problema me he metido".

Alicia comenta: -"Hombres, siempre hombres". Dios, no aprenden.

En ese momento intervino Casiopea.

Casiopea: La Princesa de las Estrellas.

- Él no me ha hecho nada. "Solo está tratando de ayudarme".

Darío: (agradecido por la aclaración, responde) -"Gracias Casiopea".

El momento fue un punto de inflexión para Casiopea, al reconocer que Darío estaba allí para ayudarla. A pesar de su resistencia inicial y la desconfianza que había creado a su alrededor, estaba empezando a abrirse a la posibilidad de que no todos en su vida quisieran hacerle daño.

En Darío, había encontrado una fuente inesperada de comprensión y apoyo en un mundo que hasta ahora únicamente había mostrado su crueldad y desdén.

En un momento de desesperación emocional, Casiopea buscó refugio en los brazos de Alicia, experimentando por primera vez en semanas la sensación de una mano amiga de su parte. Alicia, con su instinto maternal, la abrazó tiernamente.

Alicia: (con ese amor que siempre la caracterizaba, le comenta a Casiopea) -"Cálmate niña, cálmate". El joven Daríos es un buen chico. "Será mejor que lo hagas".

Alicia: (Preguntando con curiosidad) -"¿Cómo te llamas?"

Casiopea: (Con los ojos llenos de lágrimas) "Casiopea".

Alicia: (Sonriendo) -"Tienes nombre de princesa".

Casiopea: La Princesa de las Estrellas.

Darío, al ver la interacción, preguntó si podía quitarle los grilletes a Casiopea. Ella extendió los brazos y Darío los retiró con cuidado.

Darío: (con la mirada algo perdida en tono de preocupación comenta) -"Ahora tenemos dos problemas más. Por orden de Menelao, debo acompañarte al baño".

Alicia: (en tono jocoso pregunta) "¿Y cuál es el tercer problema?"

Darío: (apenado por la situación responde) -"Solo tenemos una camisa blanca y un traje de gladiador para Casiopea cuando salga del baño. "Ha sido todo muy apresurado".

Alicia: (Sonriendo) -"Eso no será un problema".

5.3 Un baño inusual.

Los tres se dirigieron al baño privado de Menelao. Una vez allí, sentaron a Darío en un taburete frente a la pared, le colocaron un cubo de madera en la cabeza y lo cubrieron con una sábana blanca.

Con su actitud maternal, Alicia rápidamente se ganó el cariño y la confianza de Casiopea. Mientras Casiopea se bañaba, Darío escuchaba su conversación con Alicia, sintiéndose feliz y satisfecho por haber logrado avances positivos en su relación con Casiopea.

Darío: (Pensando en su interior se comenta) -"Valió la pena, el desvelo y el madrugar". Casiopea... hasta su

Casiopea: La Princesa de las Estrellas.

nombre es hermoso". Se repetía emocionado, sin percatarse que estaba dando sus primeros pasos, por un sendero llamado amor.

De repente, Alicia quitó la sábana y el cubo de la cabeza de Darío, revelando a una Casiopea transformada y radiante.

-"Es lo que dije; ella es toda una princesa, la cara más bonita de toda Roma".

Darío, sorprendido y visiblemente sonrojado, se volvió para mirar a Casiopea. Su respuesta fue un balbuceo nervioso.

Darío: (apenado por la situación comenta cordialmente) -"Ya... ya podemos marcharnos". Casi me asfixian con esa sábana".

Casiopea sonrojada y Alicia, al escuchar el comentario de Darío, no pudieron aguantar la risa.

La interacción entre los tres marcó un momento crucial en la evolución de Casiopea dentro del cuartel de gladiadores. A través de la empatía y el cuidado hacia ella, Darío y Alicia lograron crear un espacio seguro para ella, un lugar donde podía comenzar a bajar la guardia y abrirse a nuevas interacciones y experiencias, preparándose para los desafíos que le esperaban.

Casiopea: La Princesa de las Estrellas.

Capítulo 6: Se desarrollan las revelaciones

6.1 El cuartel de los gladiadores

En el pre-cuartel de los gladiadores, Menelao se encontraba confiado entre sus compañeros, orquestando los combates con otras escuelas. Su presencia llamó la atención mientras se jactaba de su último descubrimiento, exclamando: "Tengo la mejor gladiadora jamás vista".

Le pido que sea la última pelea. "Es una mujer que siembra muerte y miedo por donde pasa". La afirmación fue recibida con asombro y escepticismo por parte de la multitud, dando parte al murmullo. -"¿Una mujer? ¿Estás loco? La harán pedazos".

Menelao, con una sonrisa de complicidad, replicó. -"Como digan. ¿Pero quién acepta el desafío?"

A pesar del shock inicial, las apuestas por este misterioso combatiente se dispararon, impulsadas por la curiosidad y la reputación de Menelao como buscador de talentos, exclamando a la multitud.

Mientras tanto, en la escuela de Menelao Casiopea se dirigía hacia la sala a través del pasillo, justo después de salir del baño.
Darío, incapaz de contener su curiosidad, posó su mirada en Casiopea. Fue entonces cuando notó algo en ella que le resultó extrañamente familiar; un conjunto de lunares en la parte posterior de su muslo.

Casiopea: La Princesa de las Estrellas.

-"Esos lunares en su pierna me resultan familiares, señorita Casiopea", exclamó, sorprendido por su propio descubrimiento.

Ante este comentario, Alicia intervino de inmediato, reprendiendo a Darío sin vacilar: -"¡Qué está diciendo, señorito Darío! ¿Qué va a pensar la niña? Usted está aquí para cuidar, no para andar mirando". Su voz se desvaneció en una risa crítica.

Casiopea, con una sonrisa provocada por las palabras de Alicia, le explicó a Darío el origen de esas marcas: -"Es por esos lunares por lo que me llamo Casiopea. Mi abuelo decía que era la Princesa de las Estrellas, 'La Princesa Casiopea".

De pronto, el semblante de Darío cambió drásticamente, sintiendo una sensación abrumadora, como si cayera al vacío, exclamando: -"¡Son idénticas a las de Crono!".

Casiopea, sin permitir que se diluyera el momento, se giró hacia Darío y le preguntó con urgencia: -"¿Conoces a mi padre? Dime dónde está. Ve con él y dile que estoy aquí; vendrá por mí".

Darío, impactado por tal revelación, no pudo más que expresar su asombro: -"¿Eres hija de Crono, el Senador?".
Casiopea, envuelta en un mar de lágrimas, confirmó: -"Sí, es una larga historia".

Casiopea: La Princesa de las Estrellas.

Mientras tanto, Darío, conmovido, la abrazó, intentando consolarla: -"Tranquila, tranquila, no llores. Todo va a estar bien. Conozco a Crono, es un buen amigo".

En ese momento, Casiopea sintió como si el cielo se abriera una vez más, ofreciéndole un nuevo rayo de esperanza para finalmente conocer a su padre.
La revelación de que Casiopea podría estar relacionada con Cronos, una figura muy conocida por Darío, añadió complejidad a su situación. La coincidencia de los lunares vinculaba a Casiopea no solo con las estrellas sino con un pasado entrelazado con las propias experiencias de Darío.

De pie en el pasillo del cuartel de Menelao, el aire estaba cargado por el peso de las palabras no dichas y las lágrimas no derramadas. El descubrimiento prometía desentrañar historias largamente enterradas y forjar conexiones que trascendieran los confines de la escuela de gladiadores.

En el mundo del combate y la conquista, donde cada día era una lucha por la supervivencia, la revelación de que Casiopea podría ser la hija de Cronos ofreció un rayo de esperanza, la esperanza de que tal vez hubiera algo más por lo que luchar más allá de la gloria de la arena.

Mientras tanto, en las calles sombrías de la antigua Roma, Menelao se acercaba a la plaza camino a la escuela de gladiadores.

Casiopea: La Princesa de las Estrellas.

Con un Caminar firme, con determinación, en ese momento el aire fue atravesado por una voz que lo llamaba inequívocamente. - ¡Menelao!

La voz pertenecía nada menos que a Isidro, el magnate detrás de la academia de gladiadores más formidable de Roma, un hombre cuya reputación de manipular los resultados de las peleas se murmuraba por toda la ciudad.

Cuando Menelao se volvió hacia él, Isidro se acercó con una sonrisa calculada y extendiendo la mano en un gesto de falsa camaradería. -"¿Cómo va todo? - ¿Cómo va la escuela? - Este final de invierno ha sido duro para todos", preguntó, ocultando sus verdaderas intenciones con bromas.

Menelao, conocido por su franqueza, no perdió el tiempo. -"¿Qué necesitas?", preguntó, indicando que la fachada de Isidro no lo engañó.

Entonces Isidro dio a conocer sus intenciones, su voz suave, ocultando la astucia interior. -"Escuché sobre tu Gladiador", comenzó, haciendo una pausa para lograr el efecto. -"Estoy interesado en ella.

Te ofrezco diez veces lo que pagaste, más un mes de matrícula. No tienes nada que perder. Si no me equivoco, equivale a seis meses de matrícula de tu escuela".

Menelao, momentáneamente en silencio, se permitió reflexionar antes de responder. Llevando su mano a la sien, un gesto de contemplación antes de dejar clara su

Casiopea: La Princesa de las Estrellas.

postura. -"Tú sabes mejor que nadie que nunca vendo a mis gladiadores. Esta no será la excepción".

Isidro, sin inmutarse, siguió adelante con una amenaza velada. -"Si me la quedo, estará en estas arenas durante años. Pero si te la quedas, no apostaría más de dos semanas a que sobreviva".

El aire entre ellos se cargó de tensión; Menelao miró fijamente a Isidro. -"Aprecio tu consejo y tu oferta", dijo, con voz firme e inquebrantable, "pero ofende mi inteligencia".

Con esas últimas palabras, Menelao giró sobre sus talones, dejando a Isidro de pie en medio de la bulliciosa plaza.

Este intercambio, cargado de corrientes subterráneas de poder, manipulación y resistencia, destacó el marcado contraste entre la integridad inquebrantable de Menelao y la ambición oportunista de Isidro.

Cuando el crepúsculo se apoderó de la bulliciosa plaza, los pasos de Menelao resonaron por los callejones, cada paso cargado por el peso del cambio inminente. El aire estaba cargado de los aromas del mercado (especias, cuero y el mar lejano), pero la mente de Menelao estaba en otra parte, nublada por pensamientos de lo que le esperaba.

Casiopea: La Princesa de las Estrellas.

Menelao se enfrenta a Isidro

Durante años, Menelao había logrado mantener a Isidro, un rival de considerable influencia y astucia, a

Casiopea: La Princesa de las Estrellas.

raya de su escuela de gladiadores. Una tregua frágil, pero respetada había mantenido una apariencia de paz, lo que permitió a Menelao concentrarse en cultivar el talento dentro de sus muros.

Pero los vientos de cambio susurraron advertencias, y un sentimiento inquietante se había arraigado en su corazón: la intuición de que el período de paz incómoda estaba llegando a su fin.

La escuela de gladiadores era más que un simple lugar de entrenamiento; era un legado transmitido por su padre, quien lo había recibido de su abuelo. Fue un legado construido sobre los ideales de honor, fuerza y resistencia que Menelao apreciaba, incluso mientras navegaba por las turbias aguas del mundo de los gladiadores. En este mundo, la sangre y la traición eran tan comunes como la arena en la arena.

En el fondo, Menelao era un buen hombre. Su vida, entrelazada con el destino de aquellos a quienes entrenó, fue un testimonio de su compromiso de sobrevivir y prosperar en un mundo que exigía tanto destreza física como una mente aguda. Los desafíos que enfrentó fueron amenazas externas de rivales como Isidro y la lucha interna por mantener la integridad en un entorno que a menudo recompensaba el engaño.

Mientras caminaba por la plaza, y el sol poniente proyectaba largas sombras que parecían extenderse hacia él, Menelao supo que ya no podía evitar lo que se avecinaba. Había llegado el momento de actuar. Tenía que fortificar su escuela, garantizar la seguridad de sus Gladiadores y prepararse para cualquier marea oscura que se vislumbrara en el horizonte. El legado de su escuela, la seguridad de sus Gladiadores y sus principios estaban en juego.

Con un suspiro decidido, Menelao volvió sus pasos hacia la escuela, su mente planificando y elaborando estrategias. Necesitaría aliados, tanto dentro de los muros de su escuela como más allá. Tendría que ser astuto, quizá incluso más que Isidro, para proteger lo que era suyo.

6.2 El día en que no le trajeron ningún consuelo.

Solo el tranquilo susurro del viento que parecía hacer eco de su resolución. Menelao estaba preparado para afrontar la tormenta, para mantenerse firme contra la oscuridad que amenazaba con engullir el mundo que había construido. Las líneas de batalla se dibujaron en la arena de la arena y en los corazones de aquellos que llamaban a la escuela de gladiadores su hogar.

En la quietud de la cámara de Menelao, un aire de anticipación flotaba pesadamente mientras Casiopea, Darío y Alicia esperaban la llegada del maestro de la escuela de gladiadores.

Casiopea, ahora transformada de la figura desaliñada que alguna vez fue, estaba de pie con un aplomo recién descubierto, su atuendo hablaba mucho del cambio que había experimentado, tanto por fuera como por dentro.

En el momento en que Menelao entró al salón, su sorpresa fue palpable. Sus ojos se abrieron con

Casiopea: La Princesa de las Estrellas.

asombro, no solo por el cambio de apariencia de Casiopea sino también por la atmósfera cargada de la habitación. -"¿Y ahora qué ha pasado? - ¿Me he perdido algo importante?", (comento Menelao).

Darío, sintiendo la gravedad del momento, dio un paso adelante para relatar los acontecimientos del día, detallando las transformaciones emocionales y físicas que se habían desarrollado. Mientras tanto, la mirada de Menelao permaneció fija en Casiopea, su mente corriendo para reconstruir las implicaciones de estas revelaciones.

Mientras Darío hablaba, Menelao se hundió lentamente en una silla, presionado sobre él por el peso de los descubrimientos del día. Apoyando los codos en las rodillas y las manos acunando la cabeza, pareció desplomarse hacia dentro bajo el peso de sus pensamientos, comentando en vos baja. (Con un profundo suspiro) -"Todo esto está mal".

El trío se miró perplejo ante la críptica respuesta de Menelao. Darios, con la preocupación evidente en su voz, rompió el silencio. - ¿Qué sucede Menelao? ¿Pasa algo mas?"

Alicia, una mujer que había pasado gran parte de su vida trabajando en la escuela, sabía que algo muy grave estaba a punto de suceder. Nunca había visto a Menelao, un hombre fuerte y directo, que había navegado por el bajo mundo de Roma saliendo ileso, de esta manera.

Casiopea: La Princesa de las Estrellas.

Menelao, levantando la cabeza y sus ojos reflejando un tumulto de emociones, respondió con una seriedad que llenó la habitación. -"Esto se ha complicado seriamente y tengo las manos atadas".

El aire embrujado parecía todavía estar a su alrededor mientras el peso de sus palabras se calmaba. Menelao, una figura que siempre tenía respuestas a casi todo, ahora parecía acorralado por sus principios y la realidad que se desarrollaba.

En el centro de esta vorágine, Casiopea representaba algo más que un gladiador potencial o una joven que reclamaba su fuerza e identidad. Ahora era un símbolo de la compleja red de relaciones, promesas y dinámicas de poder que Menelao había equilibrado cuidadosamente durante su mandato como director de la escuela de gladiadores.

Las revelaciones del día, que culminaron con la transformación de Casiopea y el descubrimiento de su linaje, habían alterado irrevocablemente el curso de los acontecimientos. Menelao enfrentó un dilema que desafió no solo su autoridad sino también el espíritu de su legado.

Mientras la sala absorbía la premonitoria declaración de Menelao, Casiopea, Darío y Alicia se dieron cuenta de la profundidad de su dificultad. El camino a seguir era incierto, y las decisiones que se tomaran en los próximos días definirían no solo sus destinos sino también el de la propia escuela de gladiadores.

Casiopea: La Princesa de las Estrellas.

En el silencio que siguió, hubo un entendimiento tácito entre ellos: un reconocimiento de que ahora estaban entrelazados en una narrativa mucho mayor y más compleja de lo que cualquiera de ellos había anticipado.

Los desafíos que se avecinaban exigían coraje, sabiduría y, quizás lo más importante, unidad mientras navegaban por las turbulentas aguas del destino que se avecinaban.

En la cámara poco iluminada donde la tensión flotaba como una espesa niebla, Darío, en un intento de aligerar el ambiente y encontrar una solución sencilla, mencionó el nombre que había sido fuente de muchas especulaciones, -"Menelao, ¿sabes quién es Cronos? Es un alto Senador del ejército romano. No veo el problema".

Menelao sacudió la cabeza con cansancio y respondió con el peso de la experiencia coloreando sus palabras.

-"Hijo mío, me encanta tu optimismo, pero soy realista. La chica ya está registrada para pelear mañana por la tarde".

La voz de Casiopea, hizo un susurro interpuesto suavemente, mencionando su nombre.

"Casiopea"...

Al oírla hablar Menelao aprovechó el momento para expresar su frustración por el silencio que había invadido la semana.

Con un sarcasmo inusual reclama. -"Oh, que bien, que maravilla, ha sucedido un milagro, la niña habla. Con tono de disgusto, continuo. -"Si no hubieras sido tan

Casiopea: La Princesa de las Estrellas.

terca y testaruda esta semana y hubieras hablado conmigo, no estaríamos en esta situación".

Casiopea bajó la cabeza, visiblemente angustiada y al borde de las lágrimas. Alicia, siempre protectora, suplicó a Menelao.

-"Por amor de Dios, Menelao, no hagas llorar a la niña".

Menelao (Suspirando) comento. -"Bien bien, ahora es mi culpa. Por favor, calmémonos. Necesitamos hablar". Esto es muy serio.

Luego compartió sus preocupaciones, con la voz cargada por la carga del liderazgo.

"Sé que la escuela está al borde del cierre. Anunciar la cancelación del duelo de Casiopea arruinará todo. El prestigio de la escuela ya no me quita el sueño. Lo que me preocupa es Isidro".

Darío, buscando aclaraciones, preguntó por la enigmática figura. -"¿Quién Isidro? ¿El griego?"

Menelao le responde aclarando dudas. -"No es griego. Dice ser Romano. Su padre, cuatro tíos y tres cuñados son senadores. Tienen el poder de la ciudad. Todo lo que hace Isidro siempre es visto con buenos ojos; siempre ha sido de esa manera."

Hizo una pausa, comentando algo sombrío.

-"Isidro quiere comprar a Casiopea. Sé que moverá cielo y tierra para salirse con la suya. Ya estamos tarde. Tenemos que decidir ahora".

Casiopea: La Princesa de las Estrellas.

La habitación quedó en silencio mientras la gravedad de la situación se apoderaba de cada uno de ellos. El interés de Isidro por Casiopea no fue solo una complicación; era una amenaza que podría desbaratar la frágil estabilidad que habían logrado mantener. Menelao, Darío y Alicia se encontraban en una encrucijada, frente a decisiones que alterarían el curso de sus vidas y el destino de la escuela de gladiadores.

Mientras contemplaban sus próximos pasos, el aire estaba cargado por el peso de las decisiones inminentes. El camino que elegirían estaba plagado de incertidumbre. Aun así, una cosa estaba clara: las decisiones que se tomaran en los momentos siguientes definirían el legado de la escuela de Menelao y el destino de Casiopea, la pieza central involuntaria de este intrincado juego de ajedrez que se juega a las sombras de Roma.

En un momento lleno de urgencia, Darío supo que tenía que actuar con rapidez. Su determinación era precisa, su resolución inquebrantable. Frente a Menelao, expresó su intención.

- ¿Qué hacemos? -"No hay tiempo. Solo se que debo salir a buscar a Cronos".

Menelao, con tono jocoso, siempre escéptico, no pudo evitar cuestionar la viabilidad de tal plan.

- ¿Qué crees, que lo encontrarás pescando con su caña?

Darío, sin inmutarse por el sarcasmo, sostuvo la mirada de Menelao diciéndole.

Casiopea: La Princesa de las Estrellas.

-Sé dónde está y lo traeré aquí. Solo te pido que protejas a Casiopea y la escuela a cualquier costo. Como siempre has dicho, que me quieres y me estimas por encima de todo, hoy te imploro que la protejas. Nunca podría perdonármelo. Si algo le pasara a Casiopea.

Menelao con ese instinto protector le dice a Dario. -"Ve con Dios, hijo. Sé lo que debo hacer"

Mientras Darío salía a caballo y el ruido de los cascos contra los adoquines resonaba por las calles, Menelao llamó a sus gladiadores para que se reunieran en el patio trasero.

Sus gladiadores, que disfrutaban de libertades desconocidas en otras escuelas, se reunieron, sintiendo la gravedad de la situación.

Menelao: (les comenta) -"La escuela enfrenta graves dificultades; hoy podemos ser atacados. He decidido liberarlos a todos; sus cartas de libertad han estado listas durante más de tres meses. Me quedaré para proteger a esta niña y a la escuela. Aquellos que desean irse pueden recoger sus cartas de libertad en la oficina."

Incapaz de contener su emoción, Alicia se echó a reír y las lágrimas corrían por su rostro. Desconcertado, Menelao preguntó sobre la causa de su reacción.

Alicia tratando de ser amable le dice. -"Ellos ya saben que son libres. Les mostré sus cartas. Están aquí porque te aman y te respetan".

Casiopea: La Princesa de las Estrellas.

Dario en busca de Crono

Menelao, conmovido por la lealtad y la camaradería que los unía, miró a su grupo de guerreros. Un sentimiento de orgullo y gratitud creció dentro de él.

Casiopea: La Princesa de las Estrellas.

-"Gracias", dijo Menelao, con voz firme pero cargada de emoción.

En ese patio se hizo una promesa silenciosa: una promesa de unidad y protección, no solo para Casiopea sino para los ideales de la escuela. Mientras Darío buscaba enfrentar las incertidumbres del mundo exterior, Menelao y sus gladiadores se prepararon para montar guardia en su santuario, listos para enfrentar cualquier desafío que pudieran traer las próximas horas.

Los lazos de lealtad, respeto y amor que los unían a Menelao y entre sí eran más potentes que cualquier cadena de servidumbre. En esta crisis, permanecieron unidos, un testimonio del espíritu perdurable de la escuela de gladiadores y la voluntad inquebrantable de quienes la llamaron hogar.

6.3 Darío a la búsqueda de Crono

La oscuridad envolvió la finca Cronos cuando llegó Darío, su voz atravesó la noche con una presencia imponente. -"Abran la puerta por favor; Abran la puerta" Gritó, su demanda resonó en las paredes de piedra.

La puerta se abrió, revelando a un viejo oficial romano cuyos ojos se abrieron al reconocer a Darío. Este era el médico que, apenas unos meses antes, había atendido a Cronos y sus hombres, salvándolos del borde de la muerte.

Casiopea: La Princesa de las Estrellas.

Darío sin perder tiempo comenta: -"Llama al Señor. Debo hablar con Cronos".

El oficial, con el rostro marcado por las líneas del deber y la edad, respondió con el corazón apesadumbrado.

-"Nuestro señor esta de viaje".

-"Esto es una cuestión de vida o muerte". Respondiendo Darío.

El Viejo oficial le replica. -"Lo siento, pero no sé su ubicación actual".

En un instante, Darío recordó una conversación crucial con Cronos: una salvaguardia para tiempos de extrema necesidad. Cronos le había confiado una contraseña, una llave que abriría las puertas de la asistencia cuando todo parecía perdido.

Diciendo con vos firme. -"Los Lobos ya están en sirios".

Las palabras actuaron como un catalizador, incitando al oficial a actuar de inmediato. Se volvió hacia los asistentes reunidos con una sensación de urgencia no vista anteriormente.

-"Por favor, Traiga los dos caballos más rápidos. Tengo que acompañar al señor Darío, aconsejando a Darío, Lleve un caballo fresco, el suyo no durará más de media hora a este ritmo. Tenemos un largo viaje por delante".

La finca cobró vida cuando los asistentes se apresuraron a cumplir la orden. En unos momentos, aparecieron dos

Casiopea: La Princesa de las Estrellas.

corceles, con sus pelajes brillando bajo la luz de la luna. A Darío se le dio una nueva montura, un caballo conocido por su resistencia y velocidad, capaz de llevarlo durante la noche y más allá.

En ese momento el viejo oficial comenta con urgencia. -"Señor Darío, debemos darnos prisa. El camino que tomaremos esta noche no será fácil, pero nos llevará a Cronos, pero debemos darnos prisa, o será muy tarde".

Con el oficial a su lado, Darío se adentró en la oscuridad, el ritmo de los cascos al galope resonaba constantemente en el silencio de la noche. La urgencia de su misión los impulsó hacia adelante, corriendo contra el tiempo.

El aire de la noche era fresco, el camino por delante estaba envuelto en un velo de misterio, pero la determinación de Darío nunca flaqueó.

La frase de contraseña "Los lobos ya están en sirios" había abierto el camino, un testimonio de la confianza y previsión que Cronos había depositado en él.

Cuando desaparecieron en la noche, dejando un rastro de polvo arremolinándose a su paso, la finca se desvaneció en la distancia.

Por delante estaban las respuestas, el peligro y la posibilidad de salvación. Darío y el oficial, unidos por un objetivo común, cabalgaron hacia el destino, su viaje iluminado por las estrellas que los velaban.

El viaje a Cronos fue más que un viaje físico; fue una carrera para salvaguardar el futuro, proteger a quienes no podían defenderse y afrontar los desafíos que se avecinaban con valentía y determinación. La vasta e interminable noche se extendía ante ellos, un lienzo sobre el que se desarrollaría su historia.

Capítulo 7: El rescate de Casiopea

7.1 Encuentro de Crono y Dario.

Bajo el manto de la noche, el sonido de cascos atronadores rompió el silencio mientras dos jinetes llevaban sus monturas al límite. La urgencia de su misión impulsó su ritmo implacable, cortando la oscuridad como un cuchillo. Después de tres horas agotadoras, llegaron a un puerto apartado en el lado oeste de la península, donde tres barcos se balanceaban suavemente en el agua, listos para zarpar hacia las Baleares.

A pocos metros del muelle, Cronos se disponía a abordar uno de los barcos cuando el viejo Centurio, Cestus, atravesó la noche con una voz ronca. -"¡Senador Cronos!"

Al reconocer la urgencia en la voz del capitán, Cronos se giró con el ceño fruncido por la preocupación.

-"¿Qué está pasando Cestus? ¿Por qué tanta prisa?

Casiopea: La Princesa de las Estrellas.

El Centurio Cestus tomando un Segundo aire comenta:
-" Senador, el joven Darío tiene un mensaje urgente para usted. Dice que los lobos ya están en sirios".

Antes de que se pudiera intercambiar otra palabra, Darío, desmontando apresuradamente, corrió hacia Cronos, con el peso de sus noticias evidente en cada uno de sus pasos.

-"Mi Senador, su hija Casiopea está en peligro".

La noticia golpeó a Cronos como una ola, las emociones y la impotencia lo inundaron mientras agarraba a Darío por los hombros, su voz era una mezcla de miedo y mando.

-"¿Dónde está ella?

Al lado de Cronos estaba Dionisio, quien había planeado acompañarlo a los Baleares en busca de Casiopea en el campamento de un traficante de esclavos, aferrándose a una pizca de esperanza de que pudieran encontrarla.

Darío, sintiendo la urgencia de la situación, imploró a Cronos con desesperación.

-" Senador, ya vamos tarde. No tenemos tiempo que perder".

En cuestión de minutos, Cronos movilizó a sus cuarenta hombres con una rapidez que contradecía lo avanzado de la hora. El pequeño puerto, habitualmente lugar de salida y regreso, se convirtió en el punto de partida de una misión de rescate de incomparable urgencia.

Casiopea: La Princesa de las Estrellas.

En unos momentos, bajo el manto de un cielo negro como la tinta, las fuerzas de Cronos estaban reunidas y preparadas para embarcarse en un rápido viaje de regreso a Roma. La Legion, una formidable asamblea de hombres decididos, estaba preparado junto a Cronos, Darío y Dionisio.

Envueltos en la densa niebla de la noche, parecían sombras que se movían con determinación, un espectáculo siniestro para cualquiera que pudiera presenciar su partida.

La niebla, espesa y envolvente, servía de manto espectral, enmascarando sus movimientos mientras partían. Era como si los elementos hubieran conspirado para ayudar en su éxodo secreto, dando un aire de misterio y urgencia a su misión.

El sonido de los cascos de los caballos, amortiguado por la niebla, resonó suavemente, una melodía inquietante que se desvaneció en el silencio mientras desaparecían en la noche.

La Legion avanzó como uno solo, unidos por una única causa: el rescate de Casiopea. La urgencia de su búsqueda aceleró sus pasos, impulsándolos hacia adelante a través de la velada oscuridad.

Cronos, una figura de resolución estoica al frente de sus hombres, fue causado por la desesperación de un padre.

Casiopea: La Princesa de las Estrellas.

Crono, Darío y Dionicio en el puerto

Darío y Dionisio, cada uno con sus razones para unirse al peligroso viaje, compartieron el peso del momento,

Casiopea: La Princesa de las Estrellas.

sus destinos se entrelazaron con el de la joven que buscaban salvar.

Mientras desaparecían en la niebla, el mundo detrás de ellos pareció contener la respiración, la única evidencia de su paso era el débil sonido de los cascos de los caballos contra la tierra. La noche se los tragó enteros, una Legion de espectros cabalgando hacia el destino, con sus armaduras y armas y meros susurros en la niebla.

Su partida marcó el comienzo de una odisea llena de peligros e incertidumbre, un testimonio de hasta dónde estaban dispuestos a llegar para traer a Casiopea de regreso a un lugar seguro. La niebla, una aliada temporal en su huida, envolvió su partida y los innumerables desafíos que les esperaban en el camino a Roma.

Al filo de la medianoche, los susurros de conspiración se convirtieron en acción cuando los guardias de Adrián, un capitán romano vendido al servicio de Isidro, rodearon la escuela de gladiadores.

Cegado por su ambición, Isidro aún no había previsto la feroz resistencia que les esperaba. En el interior, los gladiadores de Menelao estaban preparados, con una resolución tan aguda como las armas que blandían.

Esto era más que una escuela para ellos; era su santuario, su hogar, y estaban preparados para defenderlo (y a Casiopea) a toda costa.

Casiopea: La Princesa de las Estrellas.

7.2 Sombras de un pasado.

Entre las filas de Isidro estaba Basilios, un nombre que evocaba miedo y desdén dentro de los muros de la escuela. Basilio, que alguna vez fue instructor al servicio de Menelao, había sido expulsado por su crueldad y mala conducta. Ahora, regresaba como un traidor, su conocimiento del diseño de la escuela era una daga apuntada al corazón.

Guiadas por la traición de Basilio, las fuerzas de Isidro sabían exactamente dónde atacar. La escuela, una fortaleza de espíritu y acero, guardaba un secreto que pocos conocían: una habitación apartada con un balcón situada entre las ramas de un árbol antiguo. Era aquí donde Menelao esperaba proteger a Casiopea de las garras de sus enemigos.

Cuando los hombres de Isidro rodearon la escuela, la noche estalló en el caos. El choque de espadas y los gritos de los heridos rompieron el silencio, una sombría sinfonía de batalla.

Mientras tanto, un contingente subió la escalera oculta dentro del árbol, sus sombras se fundieron con la oscuridad mientras traspasaban el santuario.
Menelao tenía la certeza de que Casiopea era la persona más ágil y preparada para enfrentar dicha escaramuza, pero al mismo tiempo prefería mantenerla al margen de esta, ya que no quería que la joven corriera algún tipo de riesgo.

Casiopea: La Princesa de las Estrellas.

Al mismo tiempo, dejó Alicia encargada de mantener a Casiopea escondida y a salvo en el cuarto que servía de mirador en el tercer piso.

Debido al estilo de construcción de la propiedad, pasaba desapercibido ante los ojos de cualquier visitante, porque no daba la impresión de ser parte de la misma.

En la oscuridad de la noche, Casiopea y Alicia intentaban observar a través de un pequeño ventanal el enfrentamiento que ocurría en el patio entre los gladiadores y los soldados romanos, sin darse cuenta de que detrás de ellas ya se encontraban los soldados de Adrián, quienes habían subido por el pequeño balcón ubicado en el lado oeste, junto al árbol. (En ese momento se escucha una voz) - Niña, no hagas una tontería. —Las dos se miraron lentamente y con suavidad. Era la voz de uno de los cuatro soldados que habían logrado escalar hasta el cuarto en el tercer piso, el cual era el mirador de la escuela.

Casiopea, al girarse, vio que tenía tres lanzas apuntando a su cuello. Uno de ellos, apuntando con una pequeña ballesta, capturó a Casiopea, la empujó contra la pared y le ató las manos.

En medio de todo este proceso, cuando Casiopea ya estaba inmovilizada, Alicia intentó impedir su captura, pero recibió un fuerte golpe en la parte posterior de su cabeza, cayendo desmayada sin conocimiento.

Casiopea: La Princesa de las Estrellas.

Casiopea, atrapada en el vórtice, se encontró indefensa ante los intrusos. Rodeada por el frío acero de espadas y lanzas que la apuntaban.

Alicia, siempre protectora, después de recuperada, se abalanzó sobre los atacantes en un intento desesperado por defender a Casiopea, pero fue derribada.
La escena se convirtió en un caos cuando los agresores sometieron a Casiopea, atándola y amordazándola, un cruel preludio de sus intenciones.

En estos momentos desesperados, se puso a prueba el coraje de quienes juraron proteger la escuela. La traición de Basilio había dejado al descubierto la vulnerabilidad de su refugio, pero el espíritu de sus defensores ardía ferozmente ante la adversidad.

El asedio a la escuela no fue solo un ataque a sus muros sino un asalto a los vínculos que unían a sus habitantes. Cuando Casiopea y sus protectores enfrentaron esta terrible amenaza, los ideales que defendía la escuela (honor, lealtad y coraje) se pusieron a prueba. En el corazón de la oscuridad, la luz de su resolución brilló más, un faro de esperanza en medio de las sombras de la traición.

Casiopea: La Princesa de las Estrellas.

Un enfrentamiento en la escuela de Gladiadores.
En un giro dramático de los acontecimientos, el plan de Isidro para secuestrar a Casiopea, una preciada gladiadora de la escuela de Menelao, pareció

Casiopea: La Princesa de las Estrellas.

desarrollarse sin problemas. Sus hombres, con calculada eficiencia, bajaron a Casiopea, atada y sujeta, a un carruaje que esperaba en la calle para llevarla a su establecimiento.
Sin embargo, la tranquilidad de la calle se vio rota pocos minutos después por la repentina llegada de Cronos y sus hombres, quienes lanzaron un asalto inesperado.

El conflicto que siguió fue feroz pero sorprendentemente unilateral. Los gladiadores de Menelao, una fuerza formidable por derecho propio, lograron diezmar a más de la mitad de la guardia romana involucrada en el secuestro, sorprendentemente sin sufrir ninguna baja.

La visión del grupo de Cronos fue suficiente para detener a los guardias restantes en seco. Vestidos de manera similar a la guardia romana, pero distinguidos por la parte superior de sus camisas de un azul intenso, los guardias de Adriano los reconocieron inmediatamente como las tropas de élite de Roma, una comprensión que cambió decisivamente el rumbo del encuentro.

En un intento desesperado por escapar y dar la alarma, Adrián intentó escalar un muro, solo para ser frustrado por la letal precisión de Cronos con una lanza, lo que terminó su esfuerzo en tragedia. Con la situación deteriorándose rápidamente para las fuerzas de Isidro, Cronos desafió audazmente a cualquiera que se atreviera a oponerse a ellos, sin cuestionar su dominio en el campo de batalla.

Casiopea: La Princesa de las Estrellas.

Después de la escaramuza, Cronos emitió una orden sombría, ordenando que los atacantes capturados fueran confinados dentro del calabozo, tarea complicada por la falta de llaves suficientes.

Lucas, uno de los gladiadores, sugirió una solución macabra para cualquiera que no encajara, destacando la sombría determinación entre los hombres de Menelao. Una vez que fue un lugar de estrategia y camaradería, el salón ahora mostraba las marcas de la agitación de la noche. En medio del caos, Menelao, herido, pero intacto, encontró consuelo en la preocupación de su hijo adoptivo.

Darío, con la voz llena de preocupación, se acercó al hombre que había sido más un padre que un mentor para él.

-"Padre, ¿cómo estás? ¿Estás bien?"

Menelao, siempre un líder estoico, hizo a un lado su dolor con desdén, pensando en quién importaba más en ese terrible momento. -"No es nada, hijo. Sube al tercer piso, ahí es donde debería estar Casiopea".

Pero antes de que Darío pudiera dar un paso, Alicia bajó las escaleras con el rostro convertido en un lienzo de desesperación. -"Se llevaron a la niña". Envuelta en llanto.

Casiopea: La Princesa de las Estrellas.

Las palabras golpearon como una daga, encendiendo un fuego de rabia e impotencia en los ojos de Menelao. Había construido su vida en torno a la protección de quienes estaban dentro de sus muros y ahora, a sus ojos, había fracasado, exclamando. -"Te he fallado, hijo".

7.3 El Rescate de Casiopea.
Darío, impulsado por la determinación y el miedo, no pudo aceptar la derrota. -"No padre. Yo sé dónde están, están en su guarida y escuela.

Fue entonces cuando Cronos intervino, cargando con el peso del miedo y la determinación de un padre. Su mano sobre el hombro de Darío era a la vez contención y consuelo.

-"Detente. No lo olvides, ella es mi hija. Tenemos la ventaja. No nos están esperando".

Escondido en las palabras de Cronos hay una estrategia nacida de la paciencia y la sabiduría de un guerrero experimentado.
La urgencia de actuar era palpable, pero también lo era la necesidad de actuar con cautela. La seguridad de Casiopea era primordial; una carga imprudente en territorio enemigo podría ponerlo todo en peligro.

La advertencia de Darío, cargada por la gravedad de su situación, flotaba en el aire mientras se dirigía a Cronos. Su voz llevaba el peso de la preocupación, un

Casiopea: La Princesa de las Estrellas.

testimonio del formidable adversario que estaban a punto de enfrentar.

Darío: (incrédulo le comenta) -"Creo, señor, que tal vez no comprenda del todo la magnitud de con quién estamos tratando.

Los Börngen se encuentran entre las familias más ricas e influyentes de Roma. Isidro Börngen, el dueño de esa escuela, su padre y sus tíos; Se han apoderado de Roma. Imperturbable por la revelación, Cronos encontró la mirada de Darío con resolución férrea.

Su voz, tranquila, pero autoritaria, no revelaba ningún indicio de miedo. -"Soy muy consciente de los Börngen y de su alcance. El miedo no me domina".

Cronos reunió a sus hombres en el jardín y dio una orden que subrayaba la seriedad de su misión y la necesidad de actuar con sigilo y velocidad. -"Quiero que el único metal que lleven sean sus espadas. Irán todos descalzos".

Con el sigilo de las sombras, Cronos, junto a Darío, Dionisio y sus silenciosos guerreros, avanzaron por el callejón que bordeaba la plaza.

Sus pies descalzos susurraban contra el suelo, sin revelar ningún sonido a medida que se acercaban a su destino.

Casiopea: La Princesa de las Estrellas.

De pronto: (Darío asiendo una señal) -"Es allí", susurró de nuevo, señalando hacia la estructura que se avecinaba y que mantenía cautiva a Casiopea.

Con una serie de señales manuales calculadas, Cronos transmitió su estrategia a los hombres reunidos. Se agacharon, absorbiendo sus órdenes susurradas con la intensidad de los soldados al borde de la batalla.

Convocando a Cáliz, su explorador más astuto conocido por su asombrosa habilidad para discernir posiciones enemigas, Cronos lo envió a la noche. -"Cáliz, encuentra dónde retienen a la niña".

Fundiéndose con la niebla y la oscuridad, Cáliz desapareció, y su partida fue marcada solo por un leve susurro. Un tenso silencio envolvió a los hombres de Cronos mientras esperaban su regreso.

Momentos después, Cáliz resurgió de las sombras con un informe conciso. -"Está en el segundo piso, en una habitación pequeña. Sus dos ventanas brillan con la luz de un candelabro".

En ese preciso momento fue cuando, Cronos orquestó su acercamiento con precisión militar. -"Todos conocen su papel. A la cuenta de 40, tomen sus posiciones. A los 80, entramos. A los 300, atacamos. Quiero un silencio tan profundo como la tumba hasta que mi hija esté a salvo".

Casiopea: La Princesa de las Estrellas.

Luego se volvió hacia Darío, dándole una orden severa.
-"Quédate aquí".

Darío, erizado por el deseo de luchar junto a ellos, protestó. -"Pero general—"

Cronos: (sin vacilación) -"Es una orden, no abierta a discusión. A menos que prefieras, que te ate a ese árbol".

Darío, aunque desanimado, reconoció la orden. -"Como diga el Senador".

Mientras los hombres se preparaban para ejecutar el plan meticulosamente cronometrado de Cronos, el corazón de Darío latía con frustración y anticipación. Comprendió el peso de la decisión de Cronos, la necesidad de garantizar su seguridad por el bien de Casiopea, pero su espíritu anhelaba unirse a la refriega.

El aire de la noche se espesó con el inminente inicio de la acción, cada guerrero en sintonía con la cuenta regresiva silenciosa que los desataría hacia el corazón del peligro. Eran fantasmas en la oscuridad, una fuerza unida por un único objetivo: la recuperación segura de Casiopea.

Antes que los soldados se dispersaran a sus posiciones, después de dejar atrás al joven Darío, comenta Cronos.

-La cuenta ha cambiado, será a la mitad de lo acordado.

Casiopea: La Princesa de las Estrellas.

Cronos desarrolló esta estrategia, impidiendo que el joven Darío destruyera el plan.

Sin cuestionar el cambio de planes, sus hombres escuchan al unísono la última señal de Cronos.

Mientras tanto, Casiopea, sentada en una silla atada a ella, esperaba en una habitación del segundo piso a su captor, Isidro.

Pensamientos de confusión, miedo y mala suerte recorrieron su atormentada mente en ese momento.

Cuando se abrió la puerta de la habitación, entraron dos hombres. Uno era Isidro y el otro era su sirviente de confianza.

Isidro caminó varias veces por la habitación sin decir una palabra. Él la miraba de vez en cuando, continuando su marcha lenta y silenciosa.

Mientras tanto, su sirvienta cerca de una pared esperaba las órdenes de su amo. Aproximadamente un minuto después, comenta Isidro. - "Sabes por qué estás aquí."

Debido a que eres apreciada, tal vez tus antiguos amos no tenían la visión correcta de ti.

Casiopea permaneció en silencio, con los ojos pegados a cada movimiento de su captor. (Isidro continúa) - "Será el primer Gladiador con participación monetaria en Roma. Quiero ser tu socio. Serás famoso como yo".

Casiopea: La Princesa de las Estrellas.

De pronto detiene su austera marcha delante de Casiopea, a pocos metros de distancia, continuando su relato.

Quiero que la escuela Börngen prospere en toda Roma y más allá de sus confines. Pero primero debes mostrarme obediencia y confianza; entonces Roma será tuya y mía.

De repente, Casiopea vio unos ojos brillantes como los de un leopardo brillar detrás de Isidro, siguiendo cada uno de sus movimientos. Casiopea sabia que algo se tramaba a la espalda de Isidro.
Preparada por las enseñanzas de su abuelo, Casiopea pauso su mirar, observo, como cuatro hombres cruzaban las ventanas en el sigilo de la noche.
Sin reconocer el porqué de la circunstancia, permanece silenciosa y atenta. Cuando escucha una voz que interrumpe el monólogo de Isidro. -Porque prometes lo que sabes que no cumplirás.

En ese momento, Isidro sintió el frío de una espada romana en la parte posterior de su cuello.

En un abrir y cerrar de ojos, 4 de los mejores soldados de Cronos ya estaban en la habitación.

Casiopea: La Princesa de las Estrellas.

Crono dando instrucciones a sus soldados.

Uno de ellos corre hacia Casiopea y la desata, llevándola a un lugar seguro, preguntando. - "Está bien la niña"?

Casiopea: La Princesa de las Estrellas.

Casiopea presa de la circunstancia responde. - "Si señor".

Girando lentamente, Isidro se enfrenta al soldado Romano en la oscuridad, diciendo cuando reconoce su rostro.

-Finalmente nos encontramos. - "Te arrepentirás de esto por el resto de tu vida, Cronos, te arrepentirás".

Sin pensarlo dos veces, Cronos lo golpea en la boca con la culata de su espada, diciendo.

-Está arrestado por allanamiento de morada, robo de propiedad ajena, uso de tropas gubernamentales para beneficio personal y muchas otras cosas que se me ocurran en el resto de la noche. -Lo siento, no pregunté; - ¿Cómo quedó esa boca?

7.4 Casiopea reconoce a su Padre.
En ese momento se escucha la voz de Casiopea. - "Padre. Padre. Corriendo hacia el; Casiopea se funde en un abrazo con su padre".

- "Hija". Exclama Cronos sorprendido, por escuchar esa palabra referido a el.

Aun en el suelo, Isidro ve a su sirvienta escabullirse en la oscuridad, cuando moviendo sus labios en silencio le dice.

Casiopea: La Princesa de las Estrellas.

-Quema todos los documentos. -Quémalos todos.

Una vez que el sirviente leyó los labios de su amo, salió a cumplir la orden dada. Se deslizó por uno de los pasillos de la habitación, y mientras caminaba por el estrecho pasillo, de repente, comienza a caminar de regreso a la habitación.

Una espada le apuntaba su garganta, la espada de Darío.

En ese momento, se escucha la vos de Darío.
-Señor, este hombre tiene órdenes de quemar algunos documentos.

Cronos, después de haber abrasado a su hija, le dice a uno de sus oficiales en un tono irónico pero sonriente.
- "Cáliz, te dije que me desobedecería; un joven que se enamora solo hace estupideces. -Me debes una cena".

En el período de tranquilidad posterior al rescate, con Casiopea a salvo a su lado, Cronos tomó el mando de la situación, con voz firme y autoritaria mientras daba órdenes a sus soldados.
El vínculo entre padre e hija, ahora físicamente reunidos, Parecía irrompible mientras permanecían juntos en medio de los restos de la agitación de la noche.

Cronos si perder tiempo les imparte órdenes a sus soldados. -"No quiero que nadie entre ni salga. Quiero a estos dos", señalándolos"en el sótano de la otra escuela".

Casiopea: La Princesa de las Estrellas.

Sus órdenes fueron precisas y no dejaron lugar a ambigüedades. La urgencia de asegurar el perímetro y garantizar que ninguna otra amenaza pudiera infiltrarse o escapar subrayó la gravedad de la situación.

La mente estratégica de Cronos ya estaba varios pasos por delante, planificando las consecuencias incluso cuando estaban en la victoria del momento.

Cronos atando todos los cabos sin vacilación, le dice a uno de su soldado. -"Quiero todos los documentos en mi oficina", continuó, mirando a sus soldados, asegurándose de que su orden se entendiera claramente. -"Incluso la lista de compras de la guardería, lo quiero todo".

Cuando las primeras luces del amanecer comenzaron a ahuyentar las sombras de la noche, Cronos y su grupo de guerreros se encontraron fuera de las puertas de la escuela de Isidro, el silencio de la madrugada contrastaba marcadamente con los tumultuosos acontecimientos que se habían desarrollado horas antes.

Con Casiopea rescatada de forma segura y sus adversarios sometidos, una calma momentánea se apoderó del grupo, permitiéndoles recuperar el aliento y prepararse para los siguientes pasos.

Siempre vigilante y estratégico, Cronos se volvió hacia Darío, y su mirada reflejaba tanto el cansancio de los esfuerzos de la noche como la determinación de un líder que aún necesitaba terminar sus deberes.

Casiopea: La Princesa de las Estrellas.

-"Darío, toma a cuatro de mis mejores hombres y escolta a Casiopea a mi finca. Por favor, espera mi llegada, quedate con ellos".

Su voz, aunque firme, tenía un trasfondo de preocupación, no solo por la seguridad de su hija sino también por el bienestar de quienes lo habían apoyado durante las pruebas de la noche.

Cronos, sin vacilación, continúa exponiendo su argumento. -"Tengo que solucionar todo esto aquí y no quiero que te impliquen más".

La orden era clara: una directiva que confiaba a Darío la responsabilidad de salvaguardar a Casiopea en el tramo final de su viaje hacia la seguridad de la propiedad de Cronos.

Fue una tarea que Darío aceptó sin dudarlo, comprendiendo la gravedad de su encargo y la confianza que Cronos depositaba en él.

Mientras Darío reunía a los hombres seleccionados, un grupo distinguido por su coraje y lealtad, lanzó una última mirada a Cronos y asintió en silencio en reconocimiento de las órdenes.

Las primeras luces del amanecer le dieron un carácter surrealista a la escena, un momento de transición de la oscuridad al día, del peligro a la seguridad.

Casiopea: La Princesa de las Estrellas.

El viaje a la propiedad de Cronos se emprendió con urgencia y precaución. Las calles de Roma, todavía dormidas al amanecer, no ofrecieron resistencia a su paso y, sin embargo, cada sombra y cada sonido parecían cargados de amenazas potenciales.

Darío abrió el camino, con los sentidos agudizados, siempre alerta ante la posibilidad de una emboscada o persecución.

Aunque cansada por la terrible experiencia, Casiopea encontró consuelo en la presencia de sus protectores, su espíritu fortalecido por su determinación y la fuerza silenciosa de Darío, quien había demostrado ser un firme aliado frente a la adversidad.

Mientras Cronos los veía partir, con gran pesar en su corazón por la obligación de los asuntos pendientes, volvió a la tarea.

La toma de la escuela de Isidro fue solo el comienzo. Los documentos, las pruebas de corrupción y manipulación que esperaban descubrir, siguieron siendo su foco de atención.

Fue una batalla no solo por la justicia sino por el Alma de Roma misma.

Capítulo 8: Confesiones

8.1 Una nueva vida

Tras regresar a su granja después de poner en orden los hechos ocurridos en Roma, Cronos decidió pasar la tarde en una pequeña terraza del segundo piso de su casa con su hija.

Durante este momento de paz, Casiopea confrontó a su padre con una pregunta que durante mucho tiempo había preocupado su corazón. -"Padre, ¿por qué nunca buscaste a mi madre?"

Al reconocer la complejidad y profundidad de la historia, Cronos suspiró profundamente antes de responder. -"Hija, es una historia larga y desafiante que solo mi tío Cayos y yo conocemos", comento, con la voz llena de una mezcla de tristeza y resignación.

Casiopea, teñida de curiosidad e ira, no podía entender cómo un amor tan profundo podía terminar en separación. Ella presionó: -"Soy todo oídos".

Cronos se reclinó y su mirada se movió hacia el horizonte mientras contaba los acontecimientos. -"La noche que tu madre desapareció, estaba angustiado, casi llevado a la locura.

Dos días después, cuando regresé del frente, fui recibido con la desgarradora noticia de su desaparición. Sin dudarlo, estaba listo para viajar para encontrar y traerla a casa."

Casiopea: La Princesa de las Estrellas.

Hizo una pausa, el recuerdo vivo en su mente. Pero fue mi tío Cayo quien me detuvo. Me dijo: -Hijo mío, sé dónde se ha refugiado Idalia, junto con Camila y Cáleos. Pero debes comprender que buscarlos significaría un viaje del que nunca podrías salir. -"No puedo soportar la idea de poner a su familia en peligro.

La voz de Cronos se suavizó cuando mencionó a Cáleos. Me dijo mi tío. -"Cáleos era más que un hermano para mí; era mi hermano del alma, mi consejero. Le debía mi lealtad y gratitud. Por eso elegí dejarlo ir y protegerlo de mi silencio y hermandad".

La gravedad de la elección que enfrentaba era evidente cuando continuó: "Veras; como oficial romano sé que tu deber con Roma, es innegable. Nunca podrías traicionar a tu ciudad ni alzar una espada contra ella.

Fue en ese momento cuando mi tío Cayo me preguntó: ¿Puedes dejarlo todo por Idalia? Me prometió sus bendiciones si podía, pero también aclaró que no permitiría un amor que permaneciera a distancia. Un amor así, creía, eventualmente se vería empañado por la tragedia.".

La historia de Cronos fue un testimonio de los sacrificios realizados en nombre del deber y las decisiones desgarradoras que a veces acompañan al amor y la lealtad.

Casiopea: La Princesa de las Estrellas.

Casiopea en la finca de su padre.

La voz de Cronos se suavizó aún más, imbuida de profunda reverencia y amor mientras volvía su mirada hacia Casiopea.

Casiopea: La Princesa de las Estrellas.

-"Hija, tu madre nos amaba más que a nada en este mundo. Sin embargo, la vida está llena de laberintos, complejos y confusos, y a veces nos encontramos atrapados en sus intrincados caminos".

Haciendo una pausa, permitiendo que el peso de sus palabras se asimilase antes de continuar: -"Hoy veo y siento que tu madre nunca nos ha dejado realmente".

Ella ha estado cuidándonos desde los cielos, guiándonos y protegiéndonos de maneras que quizás no Siempre entenderás.

El testimonio más profundo de su amor y protección duradero eres tú, Casiopea. -"Eres una bendición del cielo, una encarnación viviente del amor que tu madre y yo compartimos".

En ese momento, Cronos expresó emociones encontradas: tristeza por el pasado, gratitud por el presente y esperanza por el futuro. Sus palabras fueron un bálsamo destinado a aliviar el dolor de la ausencia con la calidez del amor duradero y la creencia en conexiones invisibles que unen a los seres queridos, sin importar la distancia.

Mientras el sol de la mañana proyectaba su cálido resplandor sobre la hacienda, Cronos y Darío compartieron un tranquilo desayuno, en marcado contraste con los tumultuosos acontecimientos en Roma.

Con la serenidad de la finca envolviéndolos, Cronos contó las victorias del día anterior. Habló de la captura de Isidro, el encarcelamiento de sus parientes corruptos

Casiopea: La Princesa de las Estrellas.

y el regreso de la paz a Roma, lo que marcó el final de una lucha larga y ardua.

Su conversación fue repentinamente interrumpida por la llegada al patio de dos rostros familiares: Alicia y Menelao. Casiopea, eufórica, corrió hacia Alicia y la abrazó en un arrebato de afecto.

Darío, levantándose de su silla con sentido del decoro, se preparó para dirigirse a Menelao. Antes de que pudiera pronunciar una sola palabra, Menelao, con un brillo en los ojos, expresó su gratitud.

Menelao: (conmocionado por la expresión tomando el brazo de Dario responde)

-"Gracias por llamarme padre".

El momento fue alegre, pero profundo, ya que Darío respondió con humor y calidez.

Darío: (sonriendo le responde) -"¿Qué piensas? Será mejor que te llame abuelo, eres demasiado grande para ser mi padre".

La risa llenó el aire, un sonido tan curativo como la tranquilidad que había regresado a Roma, fusionándolos a todos en un momento compartido de alegría.

Más tarde, cuando se reunieron en la terraza, contemplando el majestuoso despliegue de la caballería, el ambiente cambió a uno de contemplación.

Casiopea: La Princesa de las Estrellas.

Envalentonado por la atmósfera serena del día y la profundidad de sus sentimientos, Darío abordó un tema muy cercano a su corazón.

Darío: (nervioso por el momento, se dirige a Cronos) -"Señor Cronos, con el mayor respeto y admiración hacia usted y su hija Casiopea le pido..."

Hizo una pausa, ordenando sus pensamientos antes de continuar. -"¿Crees usted que pueda tener su bendición si le pido a su hija como esposa?"

La pregunta flotaba en el aire, cargada por el peso de sus implicaciones. Casiopea, sorprendida con la guardia baja, se sonrojó profundamente, sin saber cómo responder al repentino cambio en la conversación.

Cronos, un hombre de profundo respeto y palabras mesuradas, consideró la pregunta cuidadosamente antes de responder.

Cronos: (conociendo a Darío no le sorprendió su sinceridad, respondiéndole) -"Honestamente, no tengo una respuesta para esa solicitud. Si mi hija lo elige, entonces tendrás mi bendición".

Luego ofreció una sugerencia, su voz imbuida de la sabiduría de la experiencia. -"Tal vez ustedes dos deberían dar un paseo a caballo por la granja. Les dará a ambos la oportunidad de reflexionar sobre este asunto".

La propuesta fue recibida con una mezcla de sorpresa y anticipación. Mientras el grupo contemplaba el

Casiopea: La Princesa de las Estrellas.

desarrollo de nuevos comienzos, la hacienda era un testimonio de la resiliencia de quienes habían luchado valientemente por la paz.

La conversación de la mañana, que va desde las bromas alegres hasta las profundas. La contemplación de vínculos futuros reflejó el amanecer de una nueva era, no solo para Roma, sino para aquellos que se habían convertido en una familia inesperada a través de sus pruebas compartidas.

Mientras Darío y Casiopea se preparaban para el viaje, la finca vibraba con la promesa de nuevos horizontes.

Las risas, las comidas compartidas y los momentos de tranquila comprensión habían tejido un tapiz de conexiones que perdurarían, basadas en el respeto, el afecto y los vínculos tácitos forjados en el crisol del conflicto.

Tras la partida de Casiopea y Darío, Cronos aprovechó la oportunidad para expresar su gratitud a Alicia y Menelao por el largo viaje para visitar a su hija. Inició una conversación que revelaría la profundidad de su preocupación y afecto por Casiopea.

"Crono": (dirigiéndose a Menelao con tono cordial) - "he oído que estás planeando vender el edificio y cerrar tu escuela".

Menelao, moviendo su cabeza en un gesto de afirmación, confirmó respetuosamente la noticia: -"Sí, así es, Señor".

Casiopea: La Princesa de las Estrellas.

Cronos hizo una propuesta sincera, profundamente conmovido por el vínculo que se había formado entre su hija y sus invitados en tan poco tiempo. -"En el breve tiempo que habéis pasado con nosotros, he notado lo cerca que se ha vuelto Casiopea de vosotros dos", dijo, refiriéndose a Alicia y Menelao. -"Me gustaría que consideres quedarte en la granja con mi hija.

Tendrás tu habitación y serás parte de la familia. Estoy tratando de reconstruir la vida de Casiopea de la manera más natural posible. No puedo soportar la idea de perderla, como perdí a su madre."

Compartió un recuerdo conmovedor de una conversación reciente con Casiopea, que reveló la profundidad de su preocupación. -"Ayer, mientras hablaba con ella, vi en sus ojos una nube de tristeza que tocó profundamente su alma.

Reconozco esa mirada, es la misma que la de su madre. Es tan sorprendentemente similar que me sorprende y me angustia al mismo tiempo, porque ella nunca pudo encontrar la alegría en la vida."

En respuesta a la revelación emocional de Cronos, Alicia, con una alegría que levantó el ánimo sombrío, preguntó en broma: -"¿Podría decirme qué me depara el futuro, mi noble caballero?" Para aumentar su broma, bromeó juguetonamente con Menelao:

-"Aunque ciertamente no necesitamos a este viejo gruñón a nuestro lado".

Casiopea: La Princesa de las Estrellas.

Con una sonrisa y una mirada que reflejaba su cariño por la situación, Menelao respondió cálidamente: -"Puedes contar con mi apoyo.".

Este intercambio destacó el potencial de un nuevo comienzo para Casiopea, uno lleno del apoyo y el amor de una familia recién descubierta. Cronos buscó llenar su vida con la alegría y el compañerismo que le faltaban.

8.2 Una decisión para toda la vida.

Bajo la tranquila sombra de un olivo, después de un breve paseo a caballo, Casiopea y Darío se encontraron solos, el mundo a su alrededor se detuvo como para ser testigo del momento que estaba a punto de suceder.

Darío: (joven decidido fuera de todo impulso le comenta a Casiopea) – "Con todo el respeto que mereces, Casiopea, usted tiene los ojos, labios, el rostro más bello que jamás he visto, pero combinados entre sí te conviertes en el ser más bello fuera de toda comparación.

Y cuando a toda esta belleza le agregas tu aplomo, personalidad y sensualidad, tu belleza trasciende cualquier parangón imaginable".

- "No soy un hombre fácil de seducir; al contrario, es la personalidad lo que suele llamar mi atención. Tu ser, belleza y personalidad me cautivaron desde el primer instante en que te vi. Desde entonces, mi mente se ha convertido en una novela, tejiendo pensamientos donde

Casiopea: La Princesa de las Estrellas.

tú eres la protagonista, en el cual solo trato de buscar motivos para estar cerca de ti".

- "No quisiera que mis palabras sirvieran para convencerte de algo lo cual no estés segura, al contrario, creo que para que pueda existir una relación real que se complemente entre sí, solo debe haber dos cosas, amor y atracción, y usted ha conquistado las dos en mí.

Sin temor a equivocarme sé que usted es esa oportunidad en el amor que tan solo llega una vez en la vida. Y también sé que el miedo a perderla te lleva a obviar esa certidumbre de una negativa. Aunque dicha negativa pueda destruir tus sueños".

Darío, con un gesto tan antiguo como el tiempo, se arrodilló sobre una rodilla, tomando suavemente la mano de Casiopea entre las suyas. Su voz, sincera y sin pretensiones, llevaba el peso de sus emociones mientras hablaba.
-"Casiopea, no soy un hombre de palabras hermosas, sino de corazón, con Dios por testigo. Te ofrezco una propuesta: si me aceptas como tu compañero de vida, me comprometo a respetarte, protegerte y amarte.

Hasta mi último aliento de vida. Pero si mi amor no es correspondido, déjame al menos ser tu amigo. Eres el ser más hermoso que he conocido."Su confesión fue un testimonio de sus sentimientos, puestos al descubierto desde la noche en que se conocieron, un deseo de no separarse nunca de ella.

Casiopea: La Princesa de las Estrellas.

Dario y Casiopea

La respuesta de Casiopea, después de un momento de silencio contemplativo, que fue a la vez reflexivo y

Casiopea: La Princesa de las Estrellas.

decisivo, responde. -"Me habéis presentado dos propuestas en una Señor Darío. Separando una de la otra, acepto la primera".

En ese instante Darío se levantó, intentando sellar su promesa con un beso, el gesto suave, pero firme de Casiopea deteniendo el momento, habló más que mil palabras, presagiando su inminente confesión.

-"Darío, debo ser franca con usted, aunque me temo que esta verdad hará eco en el dolor de mi padre. No deseo repetir el error de mi madre. Mis sentimientos hacia usted son un reflejo de los suyos, Darío.

No obstante, la idea de una vida en Roma, en una tierra que me ha arrebatado tanto, me resulta insoportable. Es difícil para mí esbozar una sonrisa mientras oculto mi verdadero origen. Soy cartaginesa, hija de un romano y una cartaginesa, nieta de fenicios".

En Roma, las apariencias sociales pesan demasiado, y yo no pertenezco a ese mundo. Mi alma está marcada por el dolor de la guerra. Ayer supe que Cartago está siendo consumida por las llamas; mi gente muere, mientras otros serán esclavizados, inocentes todos ellos.

Quizás los eventos de este mes me han salvado la vida, pero eso no apacigua el tormento en mi corazón.

Por lo tanto, no puedo imaginarme pasando el resto de mi vida en Roma, no deseo criar a mis hijos bajo una fachada, solo para complacer a los demás.

La vida se vuelve cruel cuando buscamos atajos, y yo soy prueba de ello; mi padre y mi madre no tuvieron la

Casiopea: La Princesa de las Estrellas.

oportunidad de criarme. Cada vez que escucho nuevas historias de su amor me invade la tristeza, como dos seres que se amaban tanto, la vida pudo ser tan cruel.

No sería justo de mi parte aceptar su amor, ni para mí, ni para usted, y crear algo tan solo por la candidez del momento, los respeto mucho Señor Darío, cada vez que escucho su vos siento cosas en mi estómago, por lo cual es que soy tan franca.

Darío, aún sosteniendo sus manos, desvió su mirada hacia el horizonte. Tras un breve silencio, respondió:

"Yo, Darío Callús, juro ante los dioses que si tú, Casiopea, me aceptas como tu compañero de vida, prometo respetarte, protegerte y amarte por el resto de mis días, allí donde decidas que debe ser nuestro hogar."

Casiopea, conmovida por su compromiso inquebrantable, se puso en la punta de sus pies, se inclinó y sus labios se encontraron en un beso que resumió las innumerables sensaciones y la profundidad del amor que compartían.

Ese momento en un pequeño acantilado, mientras el sol se hundía en el horizonte, pintando el cielo en tonos dorados y carmesí, con el sereno telón de fondo de los caballos pastando, se convirtió en un recuerdo inolvidable.

Dos almas jóvenes, en medio de la belleza de la naturaleza, se prometieron amor mutuo para toda la vida, una promesa hecha bajo la atenta mirada del sol poniente, que marcó el comienzo de su viaje junto.

Casiopea: La Princesa de las Estrellas.

Una promesa para toda la vida

Casiopea: La Princesa de las Estrellas.

Continuará:

Yerandy López

Made in the USA
Columbia, SC
01 January 2025